JN043401
妹尾尻尾
Illust. 赤嶺直樹
シェノクの弟子
～10秒しか戦えない魔術師、のちの『魔王』を育てる～

Contents

Disciple of Genova

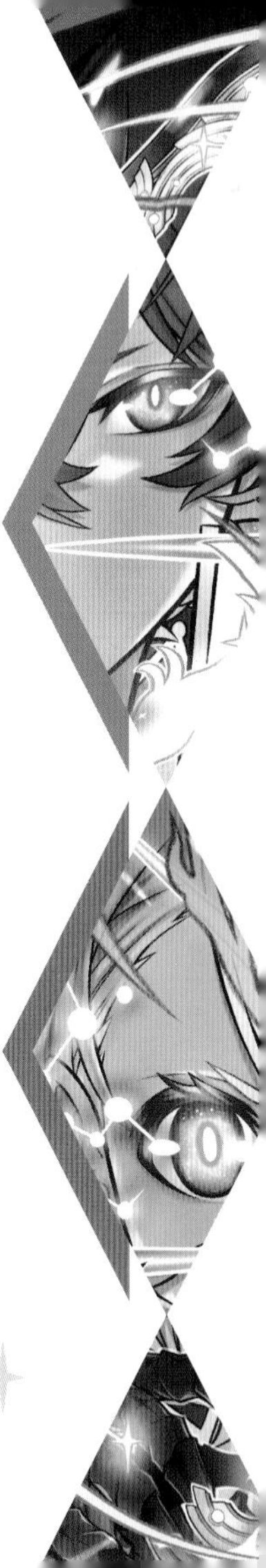

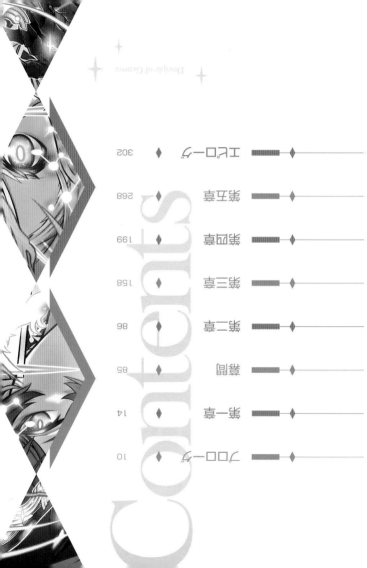

ヴァレンティーノ・ジェノヴァ
特技：魔術戦闘
元々は帝国最強魔術師だったが、
師匠と視力を失って今は落ちぶれた笛吹き。
最強と名高い魔術戦闘の流派、
一子相伝『ジェノヴァ流』の正統後継者。
戦闘、
全般、宮廷作法
をも凌ぐ」と
た魔術の天才女子。
変え、
ヴァレンに弟子入りした。
Disciple of
Genova

ああああああああああああっ！」
リアの叫びが重なった。
笛吹きの目にはもうなにも見えない。
弟子が、その両手両足に赤黒い鱗と爪を備えた化物になっていることを。

を掛けている。
ジーナ
特技：人格のエミュレート、
魔術全般
ヴァレンの『ジェノヴァ流』における師匠。
孤児だったヴァレンを自分の弟子として
最強魔術師に育て上げる。
“竜”との闘いで戦死した。
リアーチェ・レジェンダ・アルジェント
特技：魔術
家事
「才能だけは自分
ヴァレンに言わせ
リアーズと名前を
性別も男と偽って
リア覚醒後

血が沸騰したように沸き立つ。ジェノヴァ流を授けられた肉体が、
魔の王族ともいえるその魔力に反応している。
眼前の敵を殺せと、ジェノヴァの血が言っている。
ふざけんな、とヴァレンティーノは思う。誰が敵だ。どうして敵だ。
こいつは自分のたった一人の愛弟子なんだぞ。
そのリアが、なんで、どうして、
「〝竜〟と同じ魔素《マナ》になってるんだよ……!?」
ヴァレンの叫びと、
「ぐっ――ああああああああ
三者の想いが交
弟子《リア》が魔

アンネ
特技：家事全般、貯蓄、節約
メイドギルドからヴァレンの家に
週１回派遣されている家事手伝い。
ヴァレンにたびたび求婚するが、
本気にされていない。将来の夢は素敵なお嫁さん。
クリストフ
特技：戦闘魔術、
魔術兵部隊の指揮
ヴァレンの数少ない友人。
若き秀才。帝国宮廷魔術師団長で
ヴァレンと数々の戦場をともにした。
ヴァレンが落ちぶれてからも、何かと

頭の中はもうぐちゃぐちゃに混乱していた。
ジーナ師匠の意味不明な論理で街が破壊され、
その次は弟子が――"竜"と同じ魔力に変身したのだから。
錯し、
王へ覚醒――…!?

ダッシュエックス文庫

ジェノヴァの弟子

~10秒しか戦えない魔術師、のちの『魔王』を育てる~

妹尾尻尾

プロローグ

Disciple of Genova

　この世界を創造した七柱の女神――プレイアデス七姉妹が、初代『アッシュウィーザの剣士』と共に〝竜〟の支配からメウロペ大陸を解放し、人類種族に『魔石』をもたらしてから、およそ八〇〇〇年。

　かつての王国連合がグロリア帝国となり、各地の〝竜〟が封印され、神々が天上へと去った今でもまだ、人々は魔石による文明を築いていた。

　大陸全土に支配の手を伸ばした帝国は、魔境の地『バベル』や、極北の魔大陸『アルジェント』までも手中に収め、やがて星の北半球を平定する。

　〝竜〟との生存争いも、ヒト同士の領土争いも、今や昔。

　戦乱の時代は遠く過ぎて、もはや大陸に帝国の敵はいないと誰もが思った、平和の時代。

　帝国によって葬《ほうむ》り去られた『魔王』が、かつて自身を葬り去った星の輝きに導かれ、ふたたびこの地に目覚めようとしていた。

☆

——俺が間違っていたのか？

街は瓦礫《がれき》で埋もれている。

できたばかりの瓦礫だ。生まれたてほやほや。ついさっきまで家々の屋根や壁だった煉瓦《れんが》や木材や魔石素材がぶち壊され、そこら中に新たな瓦礫を生み出していた。

出来立てほやほやのやつはもう一人いた。

いや、『一人』と言っていいのかはわからない。ただ、ヴァレンにとってそれは間違いなく『ヒト』であるし、それを『一匹』と指さすやつがいたら許せないと思う。

それはヴァレンの矜《ほこ》りであり、愛であり、罪だった。

手足には赤い鱗《うろこ》と爪、背には〝竜〟の翼と尻尾《しっぽ》を備えた半竜人の産まれたばかりの『魔王』が、できたばかりの瓦礫の山に立って、ヴァレンを見下ろしていた。

再度、自問する。

自分が間違っていたのだろうか？

魔王の背後では、体長五メートル程度の鳥類型モンスター・マンタロスが、空を埋め尽くすほど飛び回っている。瓦礫の山はあいつらとその親分の産物だが、ヴァレンにその責任の一端がないとは言い切れない。マンタロスはモンスターとしては比較的に雑魚《ざこ》な部類だが、『モンスターである』というだけで徒人《ただびと》にとっては脅威《きょうい》なものだ。街を守る帝国軍兵士たちは必死に戦っているが、すでに何人もやられている。死体の山もあいつらとその親分の産物だが、ヴァレンにその責任が――。

――俺が間違っていたのか。

やはり、そうなのだろう。

見えない目を向け、瞼《まぶた》を閉じたまま、ヴァレンはその手に持つ横笛を口に当てた。

息を吸う。懺悔《ざんげ》をするように。

――あいつの才能を見極められなかった、俺が。

ヴァレンの行動に反応したのか、魔王が攻撃の気配を見せた。背後のマンタロスも同様だ。

――あいつを、魔王にしてしまったのか。

息を吐く。後悔《こうかい》をするように。

横笛から甲高《かんだか》い音色が響いた――その時にはもう、鳩のようなシルエットをした光の鳥がヴァレンの周囲を埋め尽くしている。直撃すれば強固な防御魔術ですら貫通する、鳥の形をした魔力の矛《ほこ》。その数は実に七十。横笛の演奏に呼応するかのようにヴァレンの周りを旋回する。

――残り、一秒。

飛び掛かってくるマンタロスを光鳥《こうちょう》が迎撃する。光の弾丸となった鳥に身体《からだ》を貫かれると、マンタロスは霧となって散っていった。まだ終わりじゃない。本命が来る。

瓦礫の山を蹴《け》った、魔王が空気ごと引き裂くような勢いで、こちらに迫っていた。

ヴァレンは瞼を開ける。かつて〝竜〟を退けた伝説の剣士アッシュウィーザ、その力を秘めた至極《しごく》の魔術――『アッシュウィーザの龍眼《りゅうがん》』と呼ばれた瞳が、青く光っている。

――行け。

光鳥は迎え撃つように魔王へ飛び掛かる。魔王が目を見開く。その瞳もまた、ヴァレンと同じく青く輝く星――アッシュウィーザの龍眼。

二人の青い視線が――死線が交錯《こうさく》する。

笛の音が、高く、空に響いていた。

第一章

Disciple
of Genova

笛の音が、高く、空に響いていた。

グロリア帝国の南部にある街『トーカ』は、地方にしては栄えている。

大した資源も特産品もないが、帝都への通行路として便利なのだ。

その大きな街の、大きな通りで、馬車の鳴らす蹄《ひづめ》と車輪の音に紛《まぎ》れて、とぼけた笛の音が響いている。

盲目の青年だった。

髪は伸ばしっぱなしのぼさぼさで、左目がすっぽり隠れているそのグロリア人は、名をヴァレンティーノ・ジェノヴァという。

石畳《いしだたみ》の道、その脇の草むらに腰を下ろして、ヴァレンは横笛を吹いていた。座る膝の前にはおひねり用の帽子、左手には樫《かし》の木の杖《つえ》。冬が過ぎても、尻の下の土はまだ冷たい。

木製の横笛はお世辞《せじ》にも出来が良いとは言えず、聴く者が聴けばズレた音が未調律のせいではなく、作りが荒いせいだとわかるだろう。

それを吹く演奏者の腕前も、下手《へた》でもなければ上手《うま》くもない。帽子の中に入っているのが小

銭ばかりなのが良い証拠だった。道行く人もほとんど足を止めないし、誰も見向きもしない。ぼさぼさ頭の盲目の男が、やる気のなさそうな、とぼけた音色を吹いているだけだ。

昼間から路上演奏を始めて、夕方になると終える。のそのそとした動きで、横笛を布で包んで木箱に入れ、帽子のおひねりを纏《まと》める。左側に置いてあった杖を手にして立ち上がると、

「よう、無能の笛吹き！　今日は稼《かせ》げたかよ？」

やや離れたところから声を掛けてくる男がいた。この辺りによくいるゴロツキの一人だ。帝国法が改正されて以降、守代《みかじめりょう》は支払わなくても逃げられるようになったが、少しでも目立った商売をすればあの手この手で金を巻き上げようとする。以前はああいう手合いを相手に大立ち回りを演じることもあったが、今となっては拘《かか》わらないに限る。

「……いいや」

ヴァレンは振り返りもせずに、そう答えた。

「けっ、シケてんなぁ！」

それには答えず、立ち去った。


夕方の、活気にあふれた石畳の通りを、ヴァレンは杖をつきながら、猫背《ねこぜ》でとぼとぼと歩いて帰る。

杖の先から感じ取れるのは、敷き詰められた石の硬さと、土の柔らかさ。感触から、石は板のような薄いものではなく、ある程度の厚みを持った立方体であると知れている。最近は雨が

降ってないから、土はそれほど柔らかくない。

この辺りには視覚障がい者向けの案内石はないので、石畳の表面の削《けず》り具合と、数メートルおきに設置された照明用魔石の位置、それに周囲の人々の魔力や、大気の魔素《マナ》の流れなんかで、現在地を把握する。

木と石と泥と煉瓦《れんが》と魔術で建てられた家々が連なる街並みを、ヴァレンは目にすることはない。ただ、魔力は感じるし、匂《にお》いはするし、音も聞こえる。夕食を作る時間帯だ。そこかしこから、料理の香りが漂ってきては、仕事から解放された人々の声が耳に届く。

人類種族が魔石を発見してから、およそ八〇〇〇年。

魔石は魔術を封じ込める性質がある。人々はその性質を利用し、神秘である魔術を誰もが使用できるようにした。生活は豊かになり、文明は栄えた。

冷気魔石は食物を冷蔵させ長期保存および長距離輸送を可能にしただけでなく、砂漠地帯や熱帯雨林においても活動を容易にした。通信魔石は遠く離れた者と魔素《マナ》を介して会話ができる。

魔石に火の魔術を封じれば、魔石角灯《ランタン》に暖炉《だんろ》、料理用の焜炉《コンロ》にもなる。

露店の飯屋では火の魔石を使った焜炉《コンロ》の上で鍋《なべ》を振っている。桶《おけ》に入れる水は魔石から抽出されている。使用者が魔力を流して起動させるだけで、ぱっと、清潔な水で満たされる。

これらを生活魔術と呼び、あらゆる人類種族がその恩恵に与《あずか》った。魔術が使える者は、魔石に魔術を付与する職人――魔術師と呼ばれた。

同時に、魔石は生活以外にも使用されるようになる。

狩猟《しゅりょう》や、闘争。そして戦争にだ。

強化魔術を魔石入りの鎧《よろい》や衣に付与すれば、薄っぺらい鉄や布でさえ強固な防具となり、刀剣や槍、斧《おの》、弓に魔石を組み込めば、従来の鎧を容易く破壊できる強力な武器となった。

魔石が支える文明では、魔術が全盛期を迎えた。

生命力――魔力さえあれば、だれでも魔石が使用できるのだ。

だが、例外は常に存在する。

この男もその一人だ。


ヴァレンには、魔力が、ほとんどなかった。


この魔術全盛の時代において、魔力がなく、魔石が使えないということは、何もできない――『無能』に等しい。

ゆえに、ついたあだ名が『無能の笛吹き』。

それが、かつて『帝国最強の魔術師』とまで呼ばれたヴァレンティーノ・ジェノヴァの、現在の肩書《レッテル》だった。

☆

進行方向、右手。

街のはずれで、近所の奥様方が世間話に花を咲かせている。声の調子からして三人。ヴァレンは反対側——道の左端を、相変わらずの猫背で通り過ぎようとした。視線を感じる。奥様方が声を潜めて、

「無能の笛吹きさんだわ」

「ヴァレンさんね。あの大きな家に一人で住んでる」

「教会のお祈りにも来ないいし、寄り合いにも顔を出さないいし、何を考えてるんだか」

ヴァレンは杖をついて歩いている。

「不気味よね……」

「でも、お金はあるんでしょ。ほら、あの噂《うわさ》……」

「隠し財産？　本当なの？」

ヴァレンはのそのそと歩いている。

「じゃなかったら、あんな大きな家を買えないわ」

「上流貴族の隠し子とかって話、本当かしらね」

「魔力がない『無能』だから追い出されたんじゃないかしら」

「ありそう」

ヴァレンは杖でこんこんと石畳を叩きながら、少しずつ進んでいる。ちょうど、道を隔《へだ》てて真横に来たところで、

「でも……顔はいいわよね」

「そうね」「顔はいいわ」「勿体《もったい》ないわね」

ぼさぼさの長い髪を揺らしながら、ヴァレンはのそのそと歩いている。

「背も高くて、すらりとしてて」

「私があと十年若かったらねぇ」

「それなら私だって」

通り過ぎた。奥様方の声を背中で聞く。

「でも『無能』なのよね。旦那《だんな》にしたら大変そう」

「でもお金はあるのよね。笛を吹いてるだけで生活できるんですもの」

「旦那のお世話だけすれば良いんだから」

「あら、それなら今も同じじゃない」

「「アハハハハハハハ！」」

背後から笑い声が聞こえる。

何もかもがどうでもいいと思う。

☆

行きつけの酒屋は、扉を開けると独特の甘い匂いがする。からんからん、という鈴の音が鳴って、背中を向けて商品をチェックしていたであろう店主のオヤジさんが、こちらを振り向いた気配がした。

「おー、『無能』の……じゃない、笛吹きヴァレンさん。今日は何を飲む？」

「…………。おすすめはありますか？」

「ボルドールからいいワインが入ったよ」

「……ちょっと高そうですね。リガーリアのワインはありますか？」

「いつもそれじゃないか」

「好きなんです」

「あるよ。珍しく、リガーリア地方はジェノヴァのワインが入ったよ。どうだい？」

故郷だ。

「……いただきます」

「はいよ。こっちの籠《かご》に入れておくからね。そうだ、娘が笛を聞きたがってた。また吹いておくれ」

「いいですが……オヤジさんも一緒にいてくださいね」

「はっはっは。わかってるって。お前さんの女嫌いも筋金入《すじがねい》りだね。できれば娘を貰ってほしいもんだが」

「『無能の笛吹き』にですか？」

「食うのには困ってないんだろ？　なら、嫁の一人くらい面倒は見られるんじゃないか？」

「悪いのですが、結婚は……」

「なんでだよ」

「…………」

ヴァレンは答えず、籠を持ち、杖《つえ》をついて、踵《きびす》を返した。籠の重みはワイン一本分ほど増えている。

オヤジさんが、やれやれといった調子で息を吐き、ヴァレンのために店の扉を開けた。からんからんという鈴の音が収まるのを待って、彼のいるであろう方向に顔を向ける。

「また来ます」

「はいはい。またな」

店を出た。とぼとぼと帰路に就《つ》く。

☆

一人で住むには広すぎる三階建ての一軒家がヴァレンの自宅だ。門扉《もんぴ》に手を触れて、ただでさえ少ない魔力からほんのわずかを使用し、防犯と施錠《せじょう》その他もろもろを備えた結界の状態を確認する。異状なし。侵入された形跡も、侵入を試みた形跡もない。

魔術鍵《カギ》を開けて帰宅したころには、もう夜の虫が鳴いていた。使っていない二階と三階には今日も上がることはない。

ダイニングのテーブルにワインの入った籠を置き、マントと杖をハンガーに掛け、台所で貴重な水を使って手を洗い、氷冷庫からブルーチーズのかけらを取って、またダイニングに戻る。粗末な椅子《いす》に座ると、みしみしと音を立てる。ワイングラスは昨日使ったものがそのままテーブルに置いてある。ワインを開けて注ぐと、故郷の葡萄《ぶどう》の香りが、鼻孔《びこう》と心の古傷を刺激する。

友もおらず　妻もおらず　子もおらず
ひとりきり
路傍《ろぼう》で笛を吹き　ただ朽《く》ちていくだけの日々
諦観《ていかん》と後悔《こうかい》に満ちた　死を待つだけの人生――。

こてり、と首が折れる。いつの間にか眠っていた。手に持った重さから、ワインはとっくに空《から》になっているようだった。

のそのそと洗面所へ行き、適当に歯を磨《みが》き、用を足し、ベッドに潜り込む。

アルコールに浸された脳は現実を泥濘《ぬかる》ませてくれる。

きっと今日も、あの夢を見る。

ヴァレンの一日は、このようにして過ぎる。

☆　☆　☆　☆　☆　☆　☆

陽射しの強い日は、陸橋《りっきょう》の下で笛を吹くと決めている。

交通量の多いトーカの街は、立体交差している街路も多く存在する。ここはそんな場所の一つだ。ヴァレンは路上生活者に混じって地べたに座る。年若いものの、伸ばしっぱなしのぼさぼさ頭と薄汚れたマントを着た彼は、ひどく場に馴染《なじ》んでいた。

杖はいつでも抜けるよう左側の手元に置き、帽子は正面、笛を取り出した木箱は背後に回して、笛を吹き始めた。

それから一時間経っても、帽子の中にはチーズひときれ分の小銭しか入ってはいなかった。

まぁそんなもんである。

いつも通りだ。

陸橋の下ではあるが、この通りもそれなりに大きい。荷車はもちろん、馬車だって行き交う。石造りの橋は笛の音を反響させるが、路上生活者たちは特に文句は言わなかった。その代わりに、隣に座る今にも枯れそうなジジイがリクエストしてくる曲を吹いている。

——枯れているのは俺も同じか。

要望された『金平糖《こんぺいとう》の精の踊り』を外れた調子で吹きながら、自嘲《じちょう》気味に頬《ほお》を引きつらせて笑った。

人々の行き交う音が聞こえる。車輪が砂と石を噛《か》む。他愛《たわい》のないお喋《しゃべ》り。軍靴《ぐんか》の早歩き。人々の生活の匂《にお》いが漂ってくる。路上生活者の腐臭、焼けたパン、ワインと葉巻。

曲を『別れの曲』に変えた。

いつも通りの日常である。

ただ違う点があるとすれば――。

「落ちぶれたものだな、ヴァレンティーノ・ジェノヴァ」

ヴァレンの前に立ち止まったブーツの足が、不意にそう言った。

ヴァレンは、気にせず吹き続ける。

「家に引きこもって酒ばかり飲む自堕落《じだらく》な生活を送り、たまに外に出たと思えばこうして上手《うま》くもない笛を吹いて路上生活者のように金を集めるとは」

ヴァレンは、気にせず吹き続ける。別れの曲を。

ブーツの男が、帽子にコインを一枚投げ入れた。音と、ジジイの気配で、それがチーズを一年分買っても釣りが来るデオドリック金貨だとわかる。

曲を吹き終えた。渋い顔を見せずに、下を向いたまま文句を言う。

「……両替はできねぇよ、クリストフ」

ブーツの男、クリストフ・ディ・メランドリの声が上から降ってくる。

「情けない顔を見せるな」

「……元からこうなんだよ」

「違う」クリストフは即答した。「昔のお前はそうではなかった」

笛を持ったまま、ヴァレンは肩をすくめる。

「どうかな。最近は鏡も見られなくなったし。お前の顔も変わったか？」

そうして顔を上げて、目も開けてやる。

世界は灰色だ。

きっと、自分の瞳もそうだろう。

「…………」

クリストフが沈黙したので、ヴァレンは少し気が晴れた。皮肉交じりに訊いてやる。

「もう一曲、聴いていくか？」

「いらん。お前のとぼけた音色をこれ以上聞いていると、耳が腐りそうだ」

「そうかい」

「本気でやれ」

クリストフの口調が変わったことがわからないヴァレンではない。こいつの殺気が感じ取れないほど耄碌《もうろく》はしていない。

だが、付き合ってやる気もない。

「本気？　なんだお前、根性論者になったのか？」

「以前のお前のような、閃光《せんこう》を思わせる生き様を見せろ」

「…………」

今度は自分が沈黙する番だった。

「気持ちがわかるとは言わん。『お前が失ったもの』の大きさは、俺にも計り知れん。だがな、もう一度、本気を見せろ。笛でも、人生でもだ」

クリストフの口調が変わったことがわからないヴァレンではない。こいつの真剣みが感じ取れないほど耄碌できていればよかったのにと思う。

「はっ……」

それでも、言い返した。

「さっきの金貨は、説教を聞く代金だったのか？」

「……まあいい」

クリストフは、諦めたようにため息をつく。救われたような、突き放されたような、そんな感傷が胸に響いた。

「ところでお前、俺が来るずっと前から気付いていただろう。急に曲を変えたな。魔力は隠していたはずだが」

「こんなしがない路傍の笛吹きに、帝国宮廷魔術師長さまが来るなんて、珍しいからな。そのブーツは、さぞお高いんだろうよ」

「この地位は、本来ならお前がつくべきところだ。――足音か」

「あと、高そうなワインと葉巻の匂い」

クリストフが、ふん、と笑う。

「その気になったら、俺のところに来い。笛でも、それ以外でも構わん。もう一度、お前の『光』が見えることを祈っている」

言って、旧友は歩き去った。遠ざかる軍靴の音を聞きながら、俯《うつむ》いたヴァレンはそっと目を開ける。

「もう、光なんてない」

自分の瞳は、自分の命は、とっくに色を失っているのだ。

☆

夕方になった——と視界に入ってくる光量で判別がつく。

隣のジジイがずっとそわそわしている。帰宅の準備を終えたヴァレンは、帽子に入ったデオドリック金貨を隠しながらジジイに尋ねた。

「……いるか？」

ジジイが首をぶんぶんと横に振るのが、気配でわかった。

「そんなもん持ってたら、命がいくつあっても足りねぇよ」

もっと若い頃は、金はいくらあっても良いと思っていたが、現実はそうでもないとここ数年で知った。ヴァレンは金貨をつまむと、残りの小銭ごと帽子をジジイの膝の上に置いた。

「じゃ、そっちをやるよ」

へへぇ、と頭を下げるジジイにひらひらと手を振って、立ち上がる。杖で足元を叩きながら、ゆっくりと歩いていく。背後から二人分の足音が近づいてくる。やれやれ、クリストフの野郎が目立ちすぎるのだ。だからこんなところまでハイエナが寄ってくる。

「よう、無能の笛吹き！　今日は稼《かせ》げたかよ？」

確信に満ちた声。カツアゲする気が満々な声。

昨日のごろつきだった。

どんな世界にも、どこまで身を落としても、『上下関係』というものは存在する。強いやつが弱いやつを食い物にして、弱いやつはもっと弱いやつを食って生きる。

「おい！」

無視して、裏路地に入る。追ってきた。周囲に自分たち以外の人間はいない。無関係の人も、相手の仲間もいない。てめぇ、と後ろから右肩に手を掛けられる。こちらを止めようとする強い力だ。それを利用するだけでよかった。ヴァレンは腰を落とした。

「……は？」

ごろつきの相棒が呆《ほう》けた声を上げる。彼からは、ごろつきが自分から飛び込み前転したように見えたのだろう。ヴァレンの肩を支点にして、自分で飛ぼうとしても飛べない三メートルの高さを飛んだように、見えたのだろう。

「どうかしましたか？」

とぼけた様子でヴァレンが首をかしげる。背後でごろつきが顔から落ちた。

「てめぇ！」

相棒はわけもわからず、とりあえず殴《なぐ》り掛かってきた。力任せかつ、勢いに任せた右の拳だ。

やはりその勢いを利用するだけでよかった。紙一重《かみひとえ》で避けて半身のまま相手に肉薄し、軸足を杖の先端で下から上に払ってやると、空中で風車のように二回転してやはり顔から落ちた。

杖を抜くまでもなかった。

ぽんぽん、と右肩をはたいて、何事もなかったかのように歩き出す。

「とりあえずは……両替か」

大きな商会に行くのが一番だが、こんな姿《ナリ》では盗んだと誤解されそうだし、そもそも門をくぐれない。露店の両替屋で済ませるしかないだろう。多少はふんだくられるだろうが、手数料と割り切るべきだと判断する。

路地裏を出て、両替をして、再び路地裏に戻ると、まだごろつきどもが転がっていた。死んではいない。そういう風には投げていない。その懐《ふところ》に銅貨を多めに入れて置いて、ひとを呼び、帰路に就《つ》く。

ああいう手合いはメンツが大事だ。

『無能の笛吹き』にやられたとは、言わないだろう。

☆

「ボルドールのをください」

酒屋。オヤジさんが驚いた様子を見せたのが、気配で感じ取れる。

「へぇ、珍しいね、まいどあり」

「今日は、稼げたんです」

「笛でかい？　そりゃますます珍しい」

静かに笑って、開けられた扉をくぐった。

宵越《よいご》しの金は持たない、というわけではない。だが、路上生活者の言葉や、路傍《ろぼう》の石を払ったことを考えると、こんな大金はとっとと使っちまった方がいい。

「……サーロイン、いや、フィレだな」

肉屋で、ステーキ肉を買う。その場で適度に焼いてもらうのが魔力貧弱＝『無能』な自分には都合が良い。温熱の魔石のおかげで、持ち帰るまで冷めることもない。

店番は若い女性だった。店主の娘でたまに手伝いをしている。お父さん、腰を痛めちゃったの、魔女の一撃だって、と笑っている。肉の焼けるいい香りと、若い女の匂いが混じっている。

「はいどうぞ、笛吹きヴァレンさん。持てます？」

わざわざカウンターから出てきて、籠《かご》に入れてくれた。

「……大丈夫です」

「鉄板、熱いから気を付けてね？」

「……わかりました」

娘がぐいっと顔を近寄せてきた。

「ねぇ、お髭《ひげ》は剃《そ》りなさいよ。髪も伸ばしっぱなしじゃない。せっかくいい顔してるんだから」

「……気を付けます」

「そうだ。笛吹きさん、こないだも寄り合いに来なかったでしょ？」

「……すみません」

「あ、違うの。責めてるんじゃなくて、お知らせがあるの」

どんな？　という意味で顔を向けた。

「東にダンジョンがあるでしょ？　あそこでトロールが大量発生してて、街の近くの森にも出てきてるんですって」

魔石は魔物が落とすものであり、魔物は冒険者が倒すものであり、冒険者は拾った魔石を売却して生活している。そのシステムが機能していないらしい。

「組合《ギルド》の冒険者は、どうしたんです……？」

「何チームか討伐《とうばつ》に出たらしいけど、ほら、トロールって強いから……」

「帰ってこないのですか」

「そうなの。笛吹きさんの家、街はずれでしょ？　だから気を付けてね。夜は外に出ないで、何かあっても家に隠れてて」

「……忠告、ありがとうございます」

店番の娘が、ヴァレンのステーキを見てはっとした。

「あらやだ、冷めちゃう！　さ、早く帰って食べてね！　まだ魔石も温まってるから」

「はい」

「また来てね～」

看板娘の声を背中で受けながら、

——トロールか。

胸の中に、嫌な感触が生まれるのを覚えた。

☆　☆　☆　☆　☆　☆　☆

ボルドールのワインは美味《うま》かったが、ヴァレンの貧乏舌には合わなかったらしい。ステーキを食べ終わっても、1／3がまだボトルに残っていた。

魔石灯をつける魔力もないから、室内の灯《ひかり》りはすべて蠟燭《ろうそく》だ。

この時代にしては薄暗い部屋だが、三年前に視力を失ったヴァレンにはあまり関係はない。むしろ、周囲の魔素《マナ》の流れが読みやすくなる分、都合がよかった。

こてり、と首が折れる。また椅子《いす》に座ったまま眠っていた。洗面所へ行く気も起きず、そのままテーブルに突っ伏した。アルコールに浸された脳は現実を泥濘《ぬかる》ませてくれる。

きっと今日も、あの夢を——。

★

雨が降っていた。

ひとりぽつんと佇《たたず》んでいたのは、誰かを待っていたのかもしれない。

大きな空から降ってくる冷たい雨は、まだ小さい自分にはとても寒かった。

生まれてから五年しか経っていないだろう、と医者は言った。生後五年のにんげん。性別はおとこ。なまえはヴァレンティーノ。名字《みょうじ》はない。

雨が止んだ。

空を見上げたが、空は見えなかった。かわりに赤い布が見えた。マントの内側だった。

誰かがマントで、傘をしてくれていた。

とても綺麗《きれい》なひとだった。

耳が長かった。

「……だれ？」

その綺麗なひとは、かがんで、自分と目線を合わせ、そっと微笑《ほほえ》んだ。

女神さまみたいだと思った。

「ジェノヴァですよ」

「じぇのぶぁ、さま……？」

「ジーナ・ジェノヴァと申します。ぼうや、お父さまとお母さまは？」

「いない。しんだ」

「そうですか……。でしたら、私の子になりますか？」

「じぇのぶぁ様の？」

「ええ、ジェノヴァの弟子です」

にっこり微笑む女神さま。

それからどこかの屋敷に連れていかれ、身体中《からだ》を洗われた。拾った猫みたいな扱いを受けた。

生まれてから五年しか経っていなくて、肺炎になりかけていて、放っておいたら死ぬところだったと、屋敷にやってきた医者は言った。生後五年のにんげん。性別はおとこ。なまえはヴァレンティーノ。名字は――ジェノヴァ。

ヴァレンティーノ・ジェノヴァが、生まれた日だった。


それから七年が過ぎて、十二歳になり、ヴァレンティーノはすっかり強い男の子になった。

光弾を雨あられのように降らせてくるジーナ師匠《ししょう》からも、しっかり逃げられるようになった。

「どうしました、ヴァレン！　そんなことでは、私は倒せませんよ？　はっはっは！」

「ちょっ、いったんやめ――勘弁してください師匠！　師匠を倒す前に俺が死んじゃいますって!!」

「甘い！　敵は待ってくれないのですよ！　死にたくなければ私を止めてみせることです！

さぁ、逃げれば逃げるほど、矢の雨は増えていきます！　かかってきなさい、ヴァレン！」

心の底から楽しそうに、師匠が笑う。


その師匠の微笑みが、別の何かに重なる。


「…………………………」

まばゆい光に呑《の》み込まれた師匠が振り返って、何かを呟《つぶや》いている。

「師匠ぉっ！」

十五歳の自分が必死に叫んでいる。

三年前。港町の遭遇戦《そうぐう》。敵の放った火砲によって、大勢の命が奪われた。

ヴァレンが言い出したことだった。

たまたま訪れた港町に、強大な魔物が出現した。ありえないはずの強敵だった。そいつを相手にするには、戦闘魔術師が百万人は必要なほどであり、つまりは帝国の総力を挙げて戦うべき存在だった。

かつて、グロリア帝国が存在するメウロペ大陸はおろか、この星全土を支配していた種族の生き残り。

ひとは、それを〝竜〟と呼ぶ。

その相手に、たった二人で挑もうと、ヴァレンが言い出したのだ。だから、

――やめろ。

「俺だけだって、時間稼《かせ》ぎくらいできます！」

――やめろ。

「俺と師匠なら、〝竜〟だって倒せるはずです！」

――やめろ！

「やりましょう、師匠！　俺たちで、港のひとたちを守るんです！」

そして、そんな思い上がりのせいで、ジーナ・ジェノヴァは〝竜〟に殺された。

免許皆伝まで修めたジェノヴァ流閃煌《せんこう》魔術は、しかしあと一歩のところでその敵に通用しなかった。〝竜〟の火砲は、魔力切れを起こしたヴァレンに迫った。ヴァレンを庇《かば》う形で、ジーナ師匠が呑み込まれた。

「…………………………」

まばゆい光に呑み込まれた師匠が振り返って、何かを呟いている。

「師匠ぉおっ！」

十五歳の自分が必死に叫んでいる。

ジーナ師匠は、微笑みながら消えていった。

★

はっと目が覚めた。左頬《ひだりほお》に硬い感触。ワインと肉の脂《あぶら》の匂《にお》い。涙のしょっぱさ。

「師匠……」

亡くしたもの。

犯した罪の大きさ。

それに耐えきれず、悶《もだ》え苦しみながら、泣き続ける。生き続ける。

「師匠……！　ジーナ師匠……！」

彼女に拾われ、親のように慕《した》い、母のように愛し、一子相伝《いっしそうでん》の戦闘魔術を受け継いだ。

「なんで……俺は……どうして……俺が……生きて……！」

ただ、謝りたかった。

自分の未熟さと、その未熟さすら知らず、戦いに赴《おもむ》いた愚かさを。

自分だけが生き残ってしまったことを。

自分のせいで死ぬことになってしまったことを。

ただ——会いたかった。

そのためなら、この命なんて、惜しくはなかった。

☆　☆　☆　☆　☆　☆　☆

雨の音で目が覚めた。

木材と粘土と魔術板で組まれた家全体から、湿り気を帯びた独特の香りがする。

今日は笛を吹くのはやめようと決めた。笛が濡れるとか、音が響かないとか、そういう殊《しゅ》勝《しょう》な理由ではない。自分が濡れるのが面倒だからだ。

気が付いたらベッドで寝ていた。口の中が気持ち悪い。胃からアルコールの臭《にお》いが込み上げてくる。夢見も悪い。寝起きの気分は最悪だ。

「……歯磨《はみが》きしよ」

一人暮らしを始めると独り言が多くなるというのは本当だった。ぼさぼさな頭をかきつつ、洗面所で貴重な水を使い、いつ取り替えたのかも覚えていない歯ブラシで、しゃこしゃこと口の中を洗う。鏡に映っているはずの腑《ふ》抜けた顔を見なくてすむのは助かる。

タオルを手で探すが、どこにもない。七枚あるタオルはぜんぶ洗濯籠《せんたくかご》のなかのようだった。仕方ないので、昨日使ったものを拾い上げて口を拭く。あれ、これタオルじゃないな。パンツでは？

「…………………」

口直しにもういっかい歯磨きしたところで、かんかん、と時代がかった呼び鐘が叩かれた。

『無能』の家には、住宅用の通信魔術《コール》すらない。

杖《つえ》をついて玄関へ行く。扉の向こうの魔力から誰が来たのかはわかりきっているが、いちおう尋ねようとしたところで、あちらから声が掛かった。

「ヴァレン様、家事手伝い組合《メイドギルド》のアンネです」

いつもの、家事手伝いの娘さんだった。一週間前に七枚のタオルを洗濯してくれるひとだ。ヴァレンの生活面における生命線とも言える。扉を開けた。

「おはようございます。アンネさん」

やれやれといった様子で、

「もうお昼過ぎですよ、いつまで起きていらしたんですか」

「昨日は珍しく多めにチップを頂けたので、つい」

アンネが、テーブルのワインを見たのがわかった。ため息をつくために、息を吸うのも。

「またお酒ばかり。ちゃんとご飯も食べませんと」

「果物と肉は食べましたよ」

「おツマミはご飯とは言いません。今日の分の食料品は買ってきましたから、ちゃんと召し上がってくださいましね」

相変わらず手厳しい。

「はぁ」

「それとも――私をお食べになりますか？　産地直送、生産十九年の新鮮な肉体ですが？」

脳裏《のうり》に師匠の顔が浮かんだ。アルコールが胃からせり上がってくる。動揺《どうよう》を表情に出さないように、静かに告げる。

「帰ってください」

「私を貰ってくだされば、毎日、魔石冷蔵器や暖房が使えますけど？　お水だってたくさん――」

「帰ってください」

「はぁ……女嫌いはまだ治りませんか」

そういう問題じゃない気もするが、しかし間違っていない気もする。

自分にとって最愛の女性は、師匠だけなのだ。

その師匠を助けられなかったせいか、女性に対して強い抵抗感がある。

今までも、資産目当てなのか、何人もの女性が言い寄ってきた。それらを全て断ってきたら、いつの間にか『女嫌い』ということになっていた。

「じゃあ掃除《そうじ》を始めますから、外に出てってください」

「外は雨なんですが」

「私は雨の中を来たんです」

有無を言わせない口調だった。怒っているらしい。いくら財産目当てとはいえ、女性からのアプローチをああも無下《むげ》にすれば仕方ないか、と納得する。

仕方ないので、杖と横笛を持って、裏口から外に出た。

☆

雨に濡れないよう、軒先《のきさき》にとどまる。

ざぁざぁ、ぽつぽつ、ばしゃばしゃ。

水の精霊が喜んでいるようだ。

こういうしっとりとした日は、しっとりとした曲を吹くのに限る。

マウスピースにふ、ふ、と息を吹きかけて、口を付けた。

自分の吹いた笛の音が、天の降らした雨の音に混じって、静かに、しずかに、耳に届く。

曲は『かつての王女のためのパヴァーヌ』。

北方のアルジェント領が、かつて独立した王国だった頃を懐かしんで作られた曲だ。本来はピアノの曲だけど、好きなのでたまに演奏《や》る。

寂しい笛の音が響く。

笛の音を追うように、思考が流れる。

グロリア帝国は、大小様々な国家を呑《の》み込んで大きくなった。ヴァレン自身もかつては帝国魔術師で『御上《おかみ》』の人間だったし、視力と魔力を失って引退した今も、繁栄《はんえい》の恩恵にあずかっている。

だが、その繁栄の礎《いしずえ》にされた方はどうなのだろう。

他国を呑み込んで巨大化する帝国に反旗を翻《ひるがえ》し、王侯貴族を根絶やしにされた亡国の人々の想いは、どうなのだろう。

かつて存在した王国の姫君は、帝国に何を思うだろう。

「…………」


かつて帝国最強の魔術師と呼ばれた男が、かつて存在した王国を懐かしむ曲を吹いている。

家の屋根から落ちる雨粒が、まるで意志を持ったかのように跳ねていた。

音色が響く。雨粒の跳ねる音がそれと合わさる。

雨脚が弱くなり、雲間から陽射しがのぞく。

ヴァレンが、笛を吹きながら雨上がりの空を見上げた。虹が出ている。笛吹きは目を開けるが、瞳はぼんやりとしたままだ。

最後の音を、慎重に吹き終えた。横笛の吹き口から口を離し、

「っ⁉」

やっとそれに気付いた。

笛を口元から離したヴァレンが、はっと前を向く。

――ジーナ師匠……？

師匠が立っている。

死んだはずの師匠が、消えたはずの師匠が、そこにいる。

見えはしない。

魔力を感じるのだ。

霊体ではない。現実に、肉を持った存在としている。おそらくフード付きマント。背中には低い身長には不釣り合いな、二本の長物の荷物——大剣？　を交差して背負っている。まるで感動しているかのように、打ち震えて——

「凄《すご》いです！」

やたらと甲高《かんだか》い声が、そう叫んだ。

——師匠じゃ、ない。

当たり前か。

アルコールがまだ残っているのだろうか。見知らぬ誰か——恐らく子供を、師匠と間違えるなんて。

ん？

待て、と思う。おかしい。おかしいだろう。師匠の魔力と間違えるほどの——。

「とても綺麗《きれい》でした！　水が、雨が、喜んでるみたいで……！　わた、僕、感動しました！もう一曲聴きたいです！」

なんだこいつ。

「じゃあ、はい」

問う代わりに手を出した。子供はその手を不思議そうに見て、握ってきた。やけに小さくて

柔らかい手だった。

「はい？」

「……握手じゃねぇよ、チップだ」

「ちっぷ……？　ああ、チップ！　なるほど、演奏を聴くなら鑑賞料が必要ですよね！　えぇっと……」

手を離して、ごそごそと懐《ふところ》を探るのが音でわかった。素直なやつだった。毒気を抜かれる。

「……冗談だ。チップはいらない」

「良いのですか？　とても素敵な笛でしたが……」

「いらん。なんの用だ、お嬢さん」

「おじょ……違います！　僕は男です！」

——今の手が？

「そうか。悪かったな」

「あの、ヴァレンティーノ・ジェノヴァ様ですよね？」

「……おまえは？」

「僕は、リアーズ・レジェンダと申します。ヴァレンティーノ様！」

リアーズが、頭を下げたのがわかった。

「僕を弟子にしてください！」

「……笛の？」

　リアーズが、頭を上げたのがわかった。動きがいちいち大げさだ。

「魔術の、です!!」

「帰れ」

「どっ、どうしてですか!?」

「もう魔術師はやめた」

「それは知っています！」

「なら帰れ」

「帰れません！　僕は、ジーナ・ジェノヴァ様から頼まれたんです！　あなたが——」

「ジーナ師匠がなんだって!?」

　気が付いたら少年の肩を摑《つか》んで問いただしていた。

「あなたが、帝国最強の魔術師であり、」

　しかし彼は意に介さず、ソプラノボイスで言葉を続ける。まるで歌うように。

「私《ジーナ》が死んだと思って生きる屍《しかばね》になっているから、弟子になって更生させてくれ、と」

　耳を疑った。

「…………師匠が、生きてる、のか？」

「はい。ジーナ様は、生きておられます。僕は、あの方に命を救われ、あなたの元へやってきたんです」

「なん、で……」

呆然《ぼうぜん》とする。

愕然《がくぜん》となる。

わからないことが多すぎる。

なんで生きているのに姿を見せないのか。なんで自分には会いに来ないのか。

「お願いです、コイツのところに来てるのに、なんで自分には会いに来ないのか。


「お願いです、僕を弟子にしてください！」

「その前に、ジーナ師匠がどこにいるか教えろ！」

「わかりません」

「は？」

「ご存じの通り、身軽というか、飄々《ひょうひょう》というか、捉えどころのないお方でしたから。すぐいなくなられてしまいました」

「そんっ――な」

ありえる。

めちゃくちゃありえる。

あのひと、どこにでも好きに飛んでいく、渡り鳥みたいなひとだった。それも、光の速さで飛ぶ鳥だ。

捕まえられるはずがない。そんな人類種族《にんげん》は、きっとこの大地に存在しない。

納得するしか、なかった。

「くそっ………。今の話、本当だろうな⁉」

「もちろんです！」

「証拠は⁉　お前がジーナ師匠と会ったっていう証拠はあるか！」

「こちらをどうぞ！」

流れるように話が進む。そう訊かれるとわかっていたに違いない。

リアーズと名乗った少年は、背中に担《かつ》いでいた長く分厚い二つの包みを置いた。ずしりとした重さで裏庭の地面にめり込んだのが空気を伝って感じ取れる。もちろん生身の人間が持ち運べる重さではない。身体強化の魔術を使っている。

包みを解いて、リアーズが言った。

「この二本の大剣が、その証《あかし》です。どうぞ、手に取ってご確認ください」

ヴァレンは震える手で、得物《えもの》に触れる。

双子のように形状は同じ。リアーズの身の丈ほどもの長さで、刃は片刃で、分厚い。柄《つか》を覆《おお》うナックルガードがついており、またそれがコの字になっているのが特徴だ。

すべて、憶えがある。

その身に込められた魔力の匂《にお》いも、魔力の色も。

銘《な》を、連結大剣ジェノヴァという。

「――師匠の」

ジーナ師匠の愛刀だった。間違うはずもない。何度この大剣の手入れをして、何度この大剣にぶった斬られたことか。刀身の傷の位置すら覚えている。すっ、とヴァレンの指が、刀の腹を撫《な》でていく。

「お前、本当に、ジーナ師匠と……」

「わかっていただけましたか!?」

「ああ……」

師匠が死んだとき――否《いな》、消え去ったとき、この大剣も一緒に消滅したのだと思った。これですら防げない魔力攻撃だったと、そう思った。

それなら自分が救えなくても仕方ないと、そう思っていた。

拒絶しようがない。いくら心が拒絶しても、頭で理解させられる。師匠は生きていた。師匠からこれを奪うことは不可能だ。この少年が師匠を殺して奪うなんて、絶対に不可能だ。あのひとを殺せる人間は、地上に一人しかいない。

――俺だけだ。ジーナ師匠を殺せたのは。

それも、自分を守るために、殺してしまった。

師匠は、自分を守るために、死んでしまった。

そう思っていたのに。

「では――ヴァレンティーノ様！　僕を弟子にしてくださいますか!?　ジェノヴァの弟子に！」

しかしこいつは、そうではないと言う。

ジーナ師匠は死んでいない。

生きているのに、会いに来ない。

『私《ジーナ》が死んだと思って生きる屍になっているから、弟子になって更生させてくれ』と命じたという。

お前が情けないいからジーナは消えた。この世から消滅したのではなく、お前の前から姿を消したのだと、言っている。

そして、このリアーズという小僧に、大剣を託した。

幼い頃からずっと一緒にいたヴァレンではなく、いきなり出てきたこの小僧に。

許せなかった。

何もかもが許せなかった。愛する師匠を守れなかった自分も、何も言わずに姿を消した師匠も、師匠から最も大事なものを託されたこの小僧も。

大人げないとは思う。十八にもなって言うことではないと頭ではわかっている。だが心が拒絶する。

どうして、お前なんかに。

「……俺は」

お前のようなやつは認めない。そう口にしようとした、そのときだった。

……ゃ……あああ…………！

……わ……わあ……………ああ！

遠くから、なにかが聞こえる。

声のような——悲鳴？

リアーズも聞こえたのか、身体《からだ》の向きを変えた。

「……どうした？」

「なに……あれ……？」


……きゃあああああああ！

……うわ、うわああああああああ！


今度ははっきり聞こえた。悲鳴だ。間違いない。方角は街の反対側。

「ヴァレンティーノ様、まずいです……」

「だから、どうした⁉」

「トロールの群れが、街を襲っています！」

「なんだと⁉」

☆　☆　☆　☆　☆　☆　☆

トーカの街は、周囲を森に囲まれた平地にある。

中心部は簡素な魔術防御を編んだ街壁で守られているが、壁の外にも街は広がっている。ヴァレンの家は壁の外にあり、肉屋の娘が『街はずれ』と言っていたのはそういうことだ。

その、反対側の、街はずれ。

ダンジョンから這《は》い出て、森と平野を歩いてきたトロールたちが、次々と街中に侵入していた。身長十メートルほどの巨人系モンスターだ。二階建ての家から頭ひとつ飛び出るほどの大きさである。彼らは手に持った棍棒《こんぼう》で家々を破壊し、人間たちを捕まえては殺しながら、街を闊歩《かっぽ》している。

トロールの人間狩りであった。

ダンジョンの地下には霊脈《れいみゃく》が走っており、そこからモンスターが自然発生する。やつらはこの生まれ故郷の空気が美味《うま》くてなかなか離れないが、厄介《やっかい》なことに人類種族を殺したいほど憎んでいる、
古代の悪神の影響らしいが、詳しいことはヴァレンも知らない。ただやつらは、自分たちのエリアに入ってきた人類《にんげん》種族をぶち殺す。そりゃ家の中に嫌いなやつらが勝手に入ってきたら排除するのは当然だ。しかし、人類《にんげん》種族もモンスターを放っておくわけにもいかない。

放っておけば、人の住む村や町を襲うからだ。今回のように。

人肉を好むやつや、血を好むやつ、人類種族《にんげん》の断末魔《だんまつま》の叫びが何よりも好きなやつ、そういうモンスターもいる。

厄介なことに、トロールを一体倒すのに、普通の魔術師十人は必要になる。

街に在住する冒険者、そして兵士たちだけでは、十数体にまで増えたトロールの討伐《とうばつ》は不可能だ。

トロールが街を蹂躙《じゅうりん》しているであろう様子を、ヴァレンは、魔力で視ていた。

――迂闊《うかつ》！　トロールどもの魔力の流れがわからなかった！

なぜか。そんなものははっきりしてる。

ヴァレンの目の前に、膨大《ぼうだい》な光を発する小さき者が立っている。

――リアーズの魔力量が、凄《すさ》まじいからだ！　この小僧の魔力が、トロールの魔力の気配を隠しやがった！

ちっ、と舌打ちひとつ。いまやるべきことは原因究明ではない。ヴァレンはリアーズに問いかけた。

「……戦えるか？」

「はい？」

「師匠から大剣を託されたってことは、戦えるってことだな？」

少年が嬉しそうに答える。

「――はい！　参りましょう、ヴァレンティーノ様！　僕たちで、市井《しせい》の人々をお守りするのです！」

その言い方に違和感を抱く。

――なんだこいつ……？

フラッシュバックされるのは、三年前。

『やりましょう、師匠！　俺たちで、港のひとたちを守るんです！』

十五歳の記憶。自分自身の言葉だ。

――いや、そんなこと今はどうでもいい。

首を振って、トロールたちのいる方向へ顔を向けた。小僧の魔力が眩《まぶ》しくて仕方ない。

「……行くぞ。ついてこい」

「はい！」

☆

街なか――肉屋のある通り。

ひときわ大きなトロールが地響きを立てて歩を進めている。見る者が見ればエビル・トロールと呼ぶ個体だ。ダンジョンの主《ボス》として出現することが多く、その巨体は、ただ無造作《むぞうさ》に歩くだけで人の営《いとな》みを簡単に破壊する。彼らにとって人間の作った道などにさしたる意味はない。

森を歩く際に木々を折るように、草花を踏みつぶすように、家々を破壊し、人々を踏みつぶし、自らの道を作っている。

すでに、肉屋の店舗《てんぽ》はない。瓦礫《がれき》と化していた。

その瓦礫から、初老の夫婦がよろよろと這い出てくるのを、エビル・トロールが目にする。人類種族を本能で嫌悪する彼は、舌打ちのような、悪態のようなものを口の中で発し、足を踏み出そうとした。そのとき、

「この！　モンスターめ！」

肉屋の看板娘が両親を逃がすために、瓦礫をエビル・トロールに投げて気を引いた。勇気のある行動だった。しかし、意味のない行動でもあった。

エビル・トロールは鼻で笑うように娘を見ると、無造作に棍棒を振り下ろす。

娘は目もつぶらなかった。身体が固まっていた。ただ、「あ……」と一秒後に自分をひき肉にするであろう棍棒を凝視するだけだった。今まで彼女とその両親が家畜にそうしてきたように、今度は自分が肉塊《にくかい》になるのだった。

いや――訂正《ていせい》する。

娘の行動は勇気のあるものであり、そして、意味のあるものだった。なぜならば、

こぉん。

甲高《かんだか》い音が響く。振り下ろされた棍棒を、風のように現れた男が逆手に持った杖《つえ》の先端で受け止めていた。腰を抜かしてへたりこんだ娘が、戸惑いと驚きの混じった声を上げる。

「笛吹きさん……？」

背中で娘の問いかけを聞いたヴァレンは棍棒を受け止めたまま——吸いつけられているかのように棍棒は動かない——振り返らずに尋ねる。

「……立てますか？」

「ご、ごめんなさい、足が、うごかなくて……！」

「わかりました」

頷《うなず》くと、杖を軽く振った。光の筋がひゅぱぱぱっといくつか走ったような残像。棍棒がばらばらに斬られる。ヴァレンが『剣を抜く』と呼んでいる行為——ただの樫《かし》の杖を少しばかり鋭く振って斬り裂いたことが光って見えた現象を、娘は理解できない。

「では、ここから動かないでください」

「ひょえ……？」

ただ、驚くだけだ。

一方のエビル・トロールは棍棒を斬られて怒りの雄叫《おたけ》びを上げた。木の葉が吹っ飛び、周囲の建築物がびりびりと揺れる。娘は耳を押さえたが、ヴァレンは涼しい顔だった。涼しい顔のまま周囲の魔力を探る。

戦えそうな者はいなかった。

——衛兵の姿はない。すでに全滅したか、あるいは逃げたか……。そしてエビル・トロール。あのダンジョンのボスか。

素の状態ではやや厳しい相手だ。

街のごろつきをいなすのとはわけが違う。少しばかり本気を出さなければならない敵だ。

それはヴァレンが、およそ三年ぶりに行う『対魔物戦闘』だった。

「ふぅ――……」

息を吸って、吐く。呼吸を整える。

大気に満ちる魔素《マナ》を感じる。

不安はなかった。

幼い頃から師匠に叩きこまれ、授かり、積み上げた技術は、三年が経とうとも錆《さ》び付いたりはしない。

戦い方も、殺し方も、身体が覚えている。

――『アッシュウィーザの龍眼《りゅうがん》』、発動。

胸の内で呟《つぶや》くのは詠唱《えいしょう》であり決意。

たとえ己の肉体と生命を盾にしてでも市民を守るという、帝国魔術師の決意だ。

灰色の世界に一時《いっとき》だけ色彩が蘇《よみがえ》る。灰色だったヴァレンの瞳が、青く輝きを放つ。眼の周りに、星座《すばる》のような光が瞬く。

この世界を想像したとされる七柱の女神姉妹《プレイアデス》が、初代『アッシュウィーザ』に下賜《かし》した力を、魔眼という形で後の世に継承した神代の奇跡――アッシュウィーザの龍眼。発動中は自身の魔力を数十倍から数百倍に引き上げる規格外の魔術だ。

つまり今のヴァレンティーノは、全盛期とほぼ変わらない魔力量を備えていることになり、『無能』の身では使用できなかった数百種の魔術が解禁される。

——閃煌体《せんこうたい》、限定展開。

魔素《マナ》の粒子がきらめく。頭のてっぺんからつま先まで、光のヴェールが駆けおりていく。行われているのはまさしく変身だ。みすぼらしい笛吹きの姿から、帝国最強の魔術師が軍服を纏《まと》う戦闘体へと瞬く間に変換されていく。

ヴァレンが得意としていた閃煌魔術の奥義にして、その神髄《しんずい》。

身体能力は大幅に強化され、あらゆる物理攻撃を受けつけず、一定以下の魔術攻撃を無効化する、魔術によって編み出された無敵の肉体へと変貌《へんぼう》する。

帝国のあらゆる魔術師がその習得に幾年もの歳月を費《つい》やして、ヴァレンを除けばついぞ身に着けることのできなかった、現代魔術の究極系。

閃煌体《せんこうたい》。

棍棒を斬られたエビル・トロールが雄叫びを上げながら巨大な足を振り上げる。同時にヴァレンは両手を上段に構える。その手に杖はなく、空《から》の手に収束するのは魔力の光。棒状に変化し、刃を形創《かたちづく》る、神秘の光剣《こうけん》。

「ジェノヴァ流閃煌《せんこう》魔術——七星剣《しちせいけん》」

この星の創生神である七女神《プレイアデス》の聖名《みな》を冠した聖剣が、まばゆい光の柱となって雨上がりの空を貫き、はるか天まで昇っていく。

光の剣《つるぎ》が瞬く間に数十メートルまで伸びた——トロールの目がそう捉えた時にはもう、刃は振り下ろされていた。何もかもを切り裂くであろう一閃《いっせん》が、モンスターの正中線を奔《はし》っていく。

一瞬で勝負がついた。

娘の目に映ったのは、片足を上げたまま一刀両断されたトロールと、遥《はる》か彼方《かなた》まで伸びているに違いない光の剣と、それを振り下ろした帝国魔術師の背中だった。

☆　☆　☆　☆　☆　☆

光剣《こうけん》を振り下ろしたヴァレンの瞳から、再び光が失われる。帝国魔術師の軍服から、ただの笛吹きの姿へと戻っていく。閃煌体《せんこうたい》への変身を解いたのだ。

その向こうでは、エビル・トロールが霧に還《かえ》っていくところだった。勢いあまって地面をわずかに切り裂いていたヴァレンの光の剣も、ぼろぼろと崩れていく。

杖だけでは斬れないと判断して光剣を創ったが、魔力消費がいささか激しかったようだ。手が震えている。見えない目で、その掌《てのひら》を眺めた。

——こんなものか。

落胆《らくたん》の感情がわずかばかり浮かんだのを、ヴァレンは無視した。わかりきっていたことだ。

自分がもう、長く戦えないことは。

ヴァレンティーノ・ジェノヴァは、十秒しか戦えない。

師匠を亡くしたあの戦闘で、ヴァレンは『アッシュウィーザの龍眼』と、視力を失った。それと同時に魔力もほとんど喪失《そうしつ》した。生きるために必要な分だけを残して。

その生きるために必要な最低限の魔力を利用して、一日に十秒だけ『アッシュウィーザの龍眼』を再現している。それだけに過ぎない。

「あ、あの、笛吹きさん……？」

娘が恐る恐る尋ねてくる。ヴァレンは振り返ると、無言で手を差し伸べた。

「あ、ありがと……？」

ヴァレンが口元で「失礼します」と言って、娘の手を握った。くん、と手を引きながら自分の身体《からだ》をほんのわずかばかり落とす。路地裏でごろつきに使った技と同じ系統の術《わざ》だ。

「ふえっ⁉」

娘の身体が自然と起き上がった。ジェノヴァ流では、こういう動きも修める。

「あれ？　あれ？　足が……動く？　治癒《ちゆ》魔術？　でも笛吹きさん、魔術は使えないって……。

それにさっきの光も……」

「……いまのは、魔術じゃなくて、柔術、の一部です。腰が寝ていたので、起こしました。これで走れるはずです」

娘が、腰をぐるんぐるん回しながら、

「え、あ、本当！」

「逃げてください」

「笛吹きさんも！　早く！」

「俺は、もう少し残ります。ご両親が、心配でしょう？」

「あっ、そうだわ！　ありがとう笛吹きさん！　とっても強いのね！　でも気を付けてね！」

ぎゅ、と手を握る娘に、ヴァレンは無言で照れる。走って逃げていく娘の背中を、見えない目で追って、振り返った。地響きが聞こえる。

「さて……」

杖《つえ》を拾ったヴァレンのもとに、三体のトロールが近寄ってきた。半身に構え、腰を落とし、杖を脇に置く——抜き打ちの構え。

——あと七秒ってところか。

灰色の視界で、真ん中のやつの気配を視る。息を吸う。閃煌体《せんこうたい》へ変身する——その直前。

「ご無事ですか、ヴァレンティーノ様！」

「……当たり前だ」

眩《まばゆ》いほどの光の主が右手から飛ぶように走ってきた。重い大剣を背負ったリアーズが追いついたのだ。

「速すぎます！　全然追いつけなかったです！　あの走法はなんなのですか⁉」

「さぁな」

「あれもジェノヴァ流の技なのですね！　教わるのが楽しみです！」

「誰が教えると」言った、と続ける前に小僧が割り込む。

「ジーナ様より、『十秒しか戦えない』と聞いております。あとは僕にお任せを！」

「お、おい。まったく……」

ヴァレンが答える前に、小僧はトロールに向かって走り出していた。

☆

三体のトロールに突っ込んでいくリアーズの魔力を視ながら、ヴァレンは回想する。五年ほどの修業を積んだ魔術師十人が——正確には十二人が、トロール一体と対峙《たいじ》する際のフォーメーションを。

とはいえ簡単な図式だ。まず六人が前衛となってトロールの攻撃から味方を守る。その後ろあるいは横から三人の攻撃手が近接武器や遠距離魔術でトロールを攻撃。残り三人は回復と援護だ。人数は状況によって都度《つど》変わったりする。

リアーズがどれくらい『できる』か知らないが、普通に考えれば間違いなく死ぬ。

——俺がやるか。

小僧が邪魔で斬撃はできない。別の手段《て》がいる。杖から横笛に持ち変え、吹き口に唇を当てて、音を出そうとしたそのとき、

ぶわっ。

ヴァレンの全身が粟立《あわだ》った。前を走る少年の、これまでとは違う魔力に中《あ》てられて。

──なに？

見えない目を開け、それを視る。

すべてが灰色に映るヴァレンの視界。その中心で、リアーズの全身が、蒼く、光り輝いていた。

魔力の光である。しかし、先ほどまでとは色が違う。

この色は、間違いなく、自分の目と同じもの。

──まさか、あいつも？

リアーズが叫ぶ。

「龍眼《りゆうがん》起動《きどう》──閃煌体《せんこうたい》、展開！」

少年の全身が一変する。旅装だった衣服は動きやすい戦闘服へ。そして何よりも──肉体そのものが魔術によって編み出された無敵のそれへと変貌する。

──馬鹿な！

帝国のあらゆる魔術師がその習得に幾年もの歳月を費《つい》やして、ヴァレンを除けばついぞ身に着けることのできなかった──ヴァレンだけが修めた現代魔術の究極系を、あの少年は身に着

けている。

この事実だけでも、ジーナ師匠が彼を見出《みいだ》し、彼を自分のもとへ導いたのが理解できた。

「でぇぇぇえい！」

リアーズが叫びながら跳躍し、背中の大剣を抜きざまに振り抜く。縦斬り――唐竹割《からたけわ》り。トロールが一刀両断された。凡庸《ぼんよう》な魔術師なら十二人かかるトロールを、たった一撃で倒したのだ。ヴァレンのような光剣も使用せずに。

「だあぁぁぁぁ！」

もう一本の大剣を、やはり抜きざまに振る。今度は横に。トロールが二体、真っ二つに斬られながら吹っ飛んでいく。

戦闘魔術師の使う武器には魔術が込められている。そうでなければ、魔力の塊《かたまり》であるモンスターに傷を付けられない。あの大剣だってそうだ。魔力を刀身に這《は》わせ、速度と威力を強化する斬撃魔術が刻まれている。だがそれにしても、

――強い……！

横笛から唇を離し、呆然《ぼうぜん》としながら、戦慄を覚える。

リアーズが次のトロールへ向き合う。と同時に横合いから棍棒《こんぼう》による攻撃を受けて吹っ飛んだ。瓦礫《がれき》に頭から突っ込むが、すぐに飛び出してきた。無傷のようだ。

――閃煌体《せんこうたい》に物理攻撃は効かない。

次の瞬間には、攻撃してきたトロールの頭部が西瓜《すいか》のように噴き飛んだ。巨人の頭へリアー

ズが素手で殴《なぐ》りかかったのだ。殺《や》った本人は勢い余って反対側の建物へ突っ込んでいる。

——ただの拳打でさえあの威力。

他のトロールはリアーズを脅威《きょうい》と見て、攻撃目標を集中する。彼らの持つ棍棒が次々と黒いオーラを纏《まと》い出した。

——魔力付与した。あれは喰らったらただではすまない。

リアーズもそれを感じ取ったのか、トロールどもの強化棍棒を素手ではなく大剣で受け止める。ヴァレンには見えないが、身長一五〇センチの少年が、十メートルを超える巨人たちに滅《めっ》多《た》打《う》ちにされているのは、ひどく残酷《ざんこく》な光景だった。

少年が苦戦し始めたのが、気配で分かる。

大きなダメージを受けたわけではない。防御はかろうじて間に合っている。リアーズは強化された肉体と大剣で敵の攻撃のすべてを受け止めている。だが守勢に回ってしまい、攻撃に移れなくなっているのだった。

——トロールたちが対応し始めた。これは苦しいな。というか……。

「このっ！　でやっ！　うおおおお!!」

大剣を振り回すが、なかなか当たらない。

——あいつ、素人なのか……？　閃煌《せんこう》魔術が使えるだけで、体術や剣術はまるで話にならない。

この魔術全盛の時代、戦う者はすべて魔術を修めている。それが前衛の接近戦士であれ、後衛の遠距離術師であれ、あるいは探知索敵が主任務の斥候《せっこう》であれだ。だからこそ、基礎的な戦闘術は全員が修めているはずなのだ。前に出て戦う攻撃手《アタッカー》なら尚のことだ。

しかしリアーズは、魔術も、剣術も、まるで基本がなっていない。

あれはただ、超人になった子供が、でっかい剣を振り回しているだけだ。このチグハグさはどうしたことか。

心から思う。

まるで我がことのように忸怩《じくじ》たる思いに焼かれる。

――なんて、もったいないやつ……！

あれだけの魔力量、あれだけの才能がありながら、まるで活《い》かせていない。

ジェノヴァ流を真似《まね》ているのはわかる。しかしあまりにもお粗末だ。もし自分だったら――

と考えたところで、はたと思考が止まる。

そういうことか？

ジーナ師匠は、それでアイツを自分のところに預けたのか？

などと考えている間に、リアーズがまた吹っ飛ばされた。このままでは勝てない。

――仕方ない。

ヴァレンは目を開けた。

灰色の瞳が、蒼く輝く。『アッシュウィーザの龍眼』を再起動。目の奥がじくりと痛む。頭と心臓がぎゅうと締め付けられる。構わず魔術を展開し、閃煌体《せんこうたい》へ変身した。みすぼらしい路《ろ》傍《ぼう》の笛吹きの姿から、帝国宮廷魔術師の戦闘軍服姿へと再び変換する。

横笛に唇を付けた。『カルメン幻想曲』。頭から演奏していたら七秒では終わらない。『ハバネラ』から吹き始める。すると、

「…………ああ」

リアーズが笛の音を聞いて振り返った。その姿に見とれるとヴァレンは気付かない。ただ、敵を目の前にしながら攻撃の手を休めたリアーズに苛立《いらだ》ちを覚え、笛の音から魔力を通じてリアーズに意志を伝える。

──敵の呼吸を乱す！　合わせてやるから、好きに動け！

演奏が始まるのとほぼ同時に、空を埋め尽くすほどの光鳥が出現した。大気に満ちた魔素《マナ》が姿を変え、帝国魔術師を鷹匠《たかじょう》に見立てて支配下に置かれる。

ジェノヴァ流閃煌《せんこう》魔術、隼鷹《じゅんよう》。

ヴァレンの魔術である。

「うわぁ……！」

──ぼーっとしてんじゃねぇ！　鳥は一発が軽いんだ。お前がトドメをやれ！

「は、はいっ！」

光鳥が一斉にトロールへ襲い掛かった。突撃した隼鷹は、魔力の弾丸となってトロールを撃ち抜いていく。突然の邪魔者に巨人たちが混乱するが、それこそ魔術師の思うつぼだった。トロールが光鳥に気を取られ、振り払おうとしたところで、

「でやぁああああああああああああっ！」

リアーズが横からぶった斬っていく。

前衛で何も考えずに暴れ回っているリアーズを、後衛のヴァレンが苛立ちながらも補助して、戦闘を優位にひっくり返した。

「…………こんなところか」

ヴァレンは変身を解く。小僧との連携はわずか五秒で終わったが、トロールたちの勢いを削《そ》ぐには十分だっただろう。

その判断は正しかった。

五分後。リアーズは、街に入り込んだトロールを全て討伐《とうばつ》し終えた。

☆　☆　☆　☆　☆　☆

トロールたちが、霧に還っていく。

生き残った衛兵たちが集まって、救助や事後処理を始めた。すでにこのあたりには魔物の気配はない。ヴァレンは瓦礫に腰を下ろして、雨と埃《ほこり》の混じった空気を吸う。強力な魔術を行使した直後の、独特の魔素《マナ》の香りがした。救助活動の音と声が聞こえてくる。

——盲目の俺が何をできるわけでもない。

とは思うものの、足が勝手に動き出す。気が付けば、リアーズと一緒になって生存者を探していた。

救助隊やリアーズとの連絡手段は通信魔術《コール》の魔石だ。こいつがあれば、直通でも町全体に届く。ヴァレン本人に魔力がほとんどないので、回数は限られるが。

酒屋のあった場所から見知った魔力を見つけ、リアーズを呼んで瓦礫を取り除かせると、息も絶え絶えになった主人が出てきた。発掘《きゅうじょ》されたオヤジさんは、ヴァレンとリアーズを見て、

「女神さま……？」

創造神《プレイアデス》の幻でも見たのだろうか。

救助の衛兵に引き渡して次へ行く。

街の東側だけで食い止められたのが幸いだった。西側から大勢のひとたちが手助けに集まってきた。衛兵には魔術師もいる。というか、今の時代、戦闘魔術師でなければ衛兵など務まらない。彼らは魔術で強化を施《ほどこ》した肉体で、次々と瓦礫を取り除いては怪我人を救助し、回復魔術が使える衛兵が負傷者を診《み》て回った。

夕方には、付近の大きな街から兵隊を連れた軍の指揮官がやってきた。

これで救助活動はあらかたの算段がついたようだ。ヴァレンとリアーズも「とりあえず今日は帰れ」とお役御免となった。帝国軍が横暴なのは相変わらずだが、トーカの街の衛兵や人々から感謝されたのは、こそばゆかった。

「さて」

最初にトロールたちを倒した辺りまで戻ってきて、一息つく。瓦礫ばかりだが、生き埋めの

ひともいない。肉屋の娘さんは、街の西側に住む親戚《しんせき》の家に泊まるという。無事でなによりだ。

で、問題が一つ残る。耳元でデカい声、

「ヴァレンティーノ様！」

「うるせぇ」

リアーズが顔を上げて自分を見ているのだろう、ということはわかる。

少しの間だが、救助活動を一緒に行ったことで、こいつの動きの癖《くせ》は摑《つか》めた。

「トロールたちとの戦い、見てくださいましたか⁉　くださいましたよね⁉」

「見えねぇが、魔力は視えた。お前も『アッシュウィーザの龍眼《りゅうがん》』を持ってたんだな」

リアーズの満面の笑み。見えないけど。

「はい！　ジーナ大師匠から頂きました！」

その名前が地雷であるとなぜ気付かないのか。あるいはわざと言ってやがるのか。

「では、ヴァレンティーノ様」

がん、と大剣を地に刺して、リアーズが叫ぶ。

「――勝負いたしましょう！」

「……は？」

「納得ができないという顔をなさっています。僕が、ジーナ大師匠の大剣と、『アッシュウィーザの龍眼』を頂いたことに」

「それは……」

「僕と手合わせをしてください。たった、た、た、三日とはいえ、救国の英雄・ジーナ大師匠に魔術の手ほどきをされた身です。近接戦闘では、今のヴァレンティーノ様にも引けを取らないという自負があります」

自信満々に、リアーズが宣《のたま》う。口の端に笑みさえ浮かべている。

「僕を、お認めください」

――たった三日……？　嘘だろ……？

内心の動揺《どうよう》を悟られないよう必死で無表情を貫く。

「……俺より強いなら、俺に教わることなんてないだろうが」

「いいえ！　大師匠の言いつけなのです！　ヴァレンティーノの弟子になれと、あの方はそう仰《おっしゃ》いました！」

「……そうかよ」

めんどくせぇ。

が、師匠の言葉は無下《むげ》にできない。

それに何より、自分はこいつにムカついている。腹が立っている。そうとも、この小僧の言う通りだ。

自分は、ヴァレンティーノ・ジェノヴァは、許せない。

何もかもが許せない。自分も、師匠も、この小僧も。

お前のようなやつは認めない。あの時、そう口にしようとしたのだ。だったら勝負しようと、こいつは言っている。

──だけど。

不思議に思う。

なんでこんなに察しが良い……いや、なんでこんなに『急いで』いるんだ？

「まあいい」

そんなことはどうでもいい。

「俺が戦える時間は、あと三秒だ」

ヴァレンは再び横笛を構えた。

「三秒だけ相手をしてやる。かかってこい」

リアーズが獰猛《どうもう》なまでに笑ったのは、見えなかった。ただ、その輝くほどの魔力が、獰猛なまでに笑ったように視えた。

小僧が距離を取る。あのままの間合いでも良かったが、こちらが無手であることを慮《おもんぱか》ったのかもしれない。

──小癪《こしゃく》な。

格下の者が、格上の者を慮ることを、武術の世界では『無礼』と捉える。

それは魔術師の世界でも同様だ。

「では参ります──龍眼起動、閃煌《せんこう》展開！」

敵の魔力の色が変わる。アッシュウィーザの龍眼を発動させ、魔力量を数十倍に引き上げただけでも脅威《きようい》だというのに、さらに無敵の閃煌体《せんこうたい》へと姿を変えた。

いいだろう、とヴァレンは思う。わからせてやるよ。力の差を。

「龍眼起動。閃煌体《せんこうたい》、展開」

小さく呟《つぶや》いて、ヴァレンの青い瞳が開かれる。その姿が戦闘軍服へと変換される。両手で持った横笛を口に付けた。

その眼で告げる。

――戦闘開始《かかってこい》。

地面が弾けるほどの力でリアーズが一歩目を踏み出す。その一歩で五メートルあった彼我《ひが》の差が消し飛ぶ。一瞬で間合いを詰められた。やつはこう考えているのだろう。光鳥を撃たれる前に距離を詰めて倒す、と。

大間違いだった。

ヴァレンは横笛を口に付け、隼鷹《とり》を消した。

驚愕《きようがく》の表情を顔面に貼り付けたままリアーズは突っ込んでくる。驚きながらも攻撃の手を緩《ゆる》めないのは評価してやるとヴァレンは思う。あまりにも愚直な予備動作、左の大剣を横薙《よこな》ぎに振るうべく踏み込まれた右足とねじられた腰を視て、閃煌体《せんこうたい》になる必要すらなかったなと頭の片隅で思いながら、一手を打つ。

ただ、視線を外した。

ヴァレンの目は龍眼となって、周囲に星座のような粒子をきらめかせている。その星々は彼の視線に反応して横に流れる。目の前のリアーズが、ヴァレンの星座を目で追うのが、視界の端にうつる。

　触らずに投げた、とでも言うべき柔法だった。

　ヴァレンの視線に引っ張られたリアーズの体勢が面白いほど簡単に崩れた。小僧には左の大剣が自分の意志とは無関係に上を向いていくのが信じられないだろう。音を斬るような速さと重さを込めた一撃だったものは、老人の首すら刈れないほど勢いが削がれただけでなく、軸心がブレて軌道を変えられ、ヴァレンの頭のわずか上をかすめていく。

　体勢を戻そうとリアーズが必死になって力を入れれば入れるほどそのブレは大きくなり、もはや修復不可能となる。小僧に待っているのは、実に派手な素振りをした挙句《あげく》、大剣の重みに振り回されて転倒する結果のみだ。

　その途中――大剣に振り回される小僧の横を、なんでもないかのように、散歩でもするみたいな簡単さで、ヴァレンが通り過ぎた。

　光剣を持った右手を、さっと振るう。

　斬るためではない。それはもう終わっている。

　斬った後に、剣についた敵の血を振り落とすためだ。

「あ……」

　ヴァレンの背後で声がする。やけに下から声がする。

　魔術師の後ろで、すれ違いざまに刈られたリアーズの首が、ゆっくりと地面に落ちていった。

☆　☆　☆　☆　☆　☆　☆

何が起きたのかわからなかった。

視界が、世界が回転しながら、リアは思う。何をされたのかわからなかった。

ただ理解する。

自分は負けた。

首を斬られて死んだ。

それだけしかわからないくらい、圧倒的なまでの力の差があった。

――格が、違う……！

首が大地に跳ねて視界がくるくると回る。頬《ほお》と鼻と額で地面を転がる痛み、皮と肉と骨を断たれた感触、滑り込んできた光刃の冷たさ、それらを土と砂の歯で嚙《か》みながら味わう。

それは、生まれて初めて味わう、敗北の味だった。


地面を転がるリアーズの首の動きが止まる――直前に、その身体《からだ》が花火のように弾けた。

閃煌体《せんこうたい》からの変身が解けたのだ。

ヴァレンが振り返る。その足元には、少年の生首ではなく、ぺたりと座り込んで呆然《ぼうぜん》と俯《うつむ》いている生身のリアーズがいた。

現代魔術の究極系、無敵の肉体は、ダメージのフィードバックを行わない。

変身状態で受けた傷は、生身には反映されない。

いくら傷付いても、腕がもげても、足が吹き飛んでも、首を刎《は》ねられても、元通りになる。

戦意と魔力が残っていれば、再び変身することも可能だ。

ゆえに無敵。

だが――精神《こころ》へのダメージは残る。

――やりすぎたか？

ヴァレンも、ジーナ師匠にさんざんぶった斬られたのだ。斬られて斬られて斬られまくった。刃の味を全身で覚えさせられた。鉄塊で頭を潰されるのは全然マシだ。記憶が一瞬で飛ぶから。

厄介《やっかい》なのは足首を斬られたときで、立てないくせに死ねないからその後えんえんと切り刻まれることになる。血の代わりに流出する魔力がまるで命が流れていくようで、その日の晩は、両足首を失った自分が膝を抱えて座りながら真っ赤な川の流れをぼんやりと眺める夢を見た。あれはきっと自分の流した魔力だったのだと思う。とても赤くて、痛かった。

首を刈られたときはそうでもなかった気がする。世界がぐるぐる回るのは楽しかったし、すぐ死ねるのは楽だった。ただ、頬と鼻と額で地面を転がる痛みと、皮と肉と骨を断たれた感触と、滑り込んできた刃の冷たさと、土と砂の感触を歯で噛みながら味わうのは辛《つら》かったけど。

この小僧も同じ体験をしたのだろうと思いながら、ヴァレンは蹲《うずくま》る魔力の光を視る。すでに自分も、龍眼と変身は解いている。

「三秒もいらなかったな」

慰めの言葉はいらないだろうと思った。

「目が良くて、魔力もあって身体強化魔術《わざ》も強いが、経験が足りない――お前みたいな『才能だけで戦っているやつ』ほど、簡単な牽制に引っ掛かる」

ぺたりと座って呆然《ぼうぜん》とするリアーズに、ヴァレンがトドメを浴びせる。

「話にならん。失せろ」

自分のところに居たところで、この才能が腐るだけだ。

杖《つえ》を探す。持ち手に魔力印をつけているからそれを追って――

「すごいです！」

目の前に、魔力の塊《かたまり》が出てきた。

リアーズが喜色満面の笑みを浮かべているのは、見えてなくてもなんとなくわかる。

「やっぱり――ヴァレンティーノ様はすごいです！」

「は？」

「お願いします、弟子にしてください！」

リアーズが土下座《どげざ》したのも、ヴァレンには見えていないがなんとなくわかった。

意味がわからない。とりあえず拒否《きよひ》ろう。

「い、嫌だよ、めんどくさい」

「どうかその剣術を！　魔術を！　僕に教えてください!!」

平静を保て、主導権を握られるな。

「ダメだ」

「どうしてですかっ⁉」

「言っただろう。もう魔術師はやめた」

「嘘です！　それならなぜ、この場に駆けつけたのですか！　なぜ、目が不自由にも拘《かか》わらず、誰よりも率先《そっせん》して救助したのですか！」

ぐっ。

「…………」

「あなたが街の人たちを守るために戦ったのは、街の人たちを助けたのは、帝国宮廷魔術師の矜持《きょうじ》があるからではないのですかっ！」

「…………そんなんじゃない」

かろうじてそれだけ言った。

かろうじてそれだけ言って立ち去ろうとする自分は、まるで逃げるようだと思った。

「ヴァレンティーノ様！」

自分の前に回り込んできた小僧が、再び頭を下げる。さっきのような閃煌体《せんこうたい》ではない。生身の額を、地面にこすりつけている。

それがわかる。

目が見えなくても、わかるんだ。

「お願いします！　僕を弟子にしてください！　お願いします！」

必死な声。泣いているような声音《こわね》。聞いている方が涙を流してしまいそうなほどの、声色。

なぜだ？

「……お前はもう十分強いだろう。冒険者としても、兵士としてもやっていける。俺が教えることなんてない」

「僕は、あなたのようになりたいのです！」

きっと自分は、理解できないという顔になっていただろう。

「どうして俺なんだ。俺みたいな落ちぶれた『無能』の笛吹きじゃなくても――」

きっと自分は、掃きだめのクズのような自嘲《じちょう》に満ちた笑みを浮かべただろう。だが、

「あなたの魔術に『光を見た』からです！」


誰よりも光を放つ魔力を持った子供が、そう言った。

「……ひかり？」

「あなたの魔術は、とても、とても美しいものでした！　あなたの戦いは、とても綺麗《きれい》なものでした！　あの――『閃煌魔術《せんこう》』を見て、僕はあなたに魔術を教わりたいと願ったのです！」

その言葉に、頬が勝手にぴくりと痙攣《けいれん》する。

自分もまた、リアーズの魔術に『光』を視たことを、鏡のように返されたから。

「俺の……魔術……」

「お願いです、僕を弟子にしてください！」

それから、リアーズはぴくりとも動かなくなった。もう言うべきことは言いつくしたと、伝えるべきことは伝えつくしたと、その魔力が語っていた。

「…………」

「…………」

雨と埃《ほこり》の混じった空気。強力な魔術を行使した直後の、独特の魔素《マナ》の香り。師匠の大剣と、それを扱う少年の香り。

土下座する小僧は、石のように動かない。

「………………………ふぅ」

息を吸って、吐く。

決闘は一秒もかからずに決着した。

危なかったと思う。

戦える時間があと三秒しかなかったのが、じゃない。

久しぶりに視た、才能ある魔術師の『光』が、危なかった。

まるで閃光《せんこう》のような、あの輝き。

命を使いつくすような、一分一秒に全てを賭けているような、魂の煌《きら》めき。

閃煌の魔術。

それを使うのに相応《ふさわ》しい、若き魔術師。それは――。

『以前のお前のような、閃光を思わせる生き様を見せろ』

――つまり、以前の『俺』と同じ光。

師匠を失い、視力を失い、魔力を失い、この三年間、灰色の世界で過ごしてきた自分。

そんなヴァレンティーノ・ジェノヴァを照らし出し、外の世界へ導く光。

あの光は――目に毒だ。

くすぶっていた魂に、再び火を灯すほどの、猛毒。

安寧《あんねい》とした、ただ死を待つだけの長い日々を殺し尽くすような、猛毒だ。

もし最初の斬撃を防がれていたら、自分は本気を出していただろう。本気で、この未来ある少年を叩き潰していただろう。

二度と魔術を使えないようにしていたかもしれない。

それどころか、命さえ奪っていたかもしれない。

そんなことになる状況が、危なかった。

だから、良かった。あの時点で勝負が決まって。

――師匠の言いつけだからな。

仕方ない、とヴァレンはため息をついた。自分に、言い訳をした。

ヴァレンは土下座をする少年に尋ねる。

「お前、何ができる?」

幕間

笛の音が聞こえる。
心細くて、寂しくて、でもどこか優しい笛の音が。
私の大好きなひとが、私たちのために作られた曲を、私だけのために吹いている。
きっと、幸福な人生とは、こういうことを言うのだろう。
これが最期の日だって――いいえ、最期の日だからこそ、こう思うのだろう。
私は、幸せでした。

　ヴァレンが膝をついて、リアーズに尋ねた。

「お前、何ができる？」

　少年は弾かれたように顔を上げて、

「なんでもします！　あ、いや、この場合のなんでもっていうのはいやらしい意味ではなく、こう、身の回りのお世話です！　あ、いや！　この場合のお世話っていうのはいやらしい意味ではなく！」

「なに言ってんの？」

「失礼ながら――ヴァレンティーノ様は、魔力がほとんどなくなっちゃったと聞きました。となると、生活魔術もほとんど使えないのではないでしょうか。それにその御目ですから、何かと不便なことも多いかと」

「まぁ、そうだな。メイドギルドからお手伝いさんが来て色々とお世話をしてくれるけど、それも週に一日だし」

「メイドさんにお世話をしてもらってるって、いやらしい意味じゃないですよね？」

「なに言ってんの？」

「ごめんなさい。違うんです。ですから、僕は魔力がひとより多いです。自分で言うのもなんですが、とても多いです。ヴァレンティーノ様のお役に立てると思うのです！」

「魔力量はとんでもなかったな。技術はへっぽこだけど」

にこにこリアーズ。

「へっぽこってどういう意味ですか？　可愛《かわい》らしい語感ですね！」

「へたくそ、稚拙《ちせつ》、へぼ、未熟って意味だ」

にこにこしたまま固まるリアーズ。

「わぁ～…………ぜんぜん可愛くない…………」

「ま、そのあたりはこれからだな」

「え……で、では……！」

「師匠《ししょう》になってやるよ。俺なんかで良いならな」

感極まったリアーズが全身で喜びを表現した。具体的にはジャンプして両手を広げた。

「ヴァレンティーノ様がいいんです！　あなたが、いいんです!!　ありがとうございます、師匠！」

「師匠ね……」

ヴァレンが、照れ隠しに髪を弄《いじ》ったことを、リアーズは気付かない。

「お前、名前なんだっけ？」

「リアーーーーズ・レジェンダです！」

「リアーーーーズ？　そんなに伸ばすの？　どこの生まれ？」

「違いますごめんなさい！　リアーズです！　生まれは北の方です！」

「リアーズね。よろしく」

「はいっ!!」

ヴァレンの差し出した右手を、リアーズは両手で握りしめた。

そうして、見えない目で、ヴァレンは彼方《かなた》を見る。

まだ生きているらしい、最愛のひとを思い描く。

――これで良いんですよね、ジーナ師匠。

『師匠が生きてる』

この事実だけで、ヴァレンは再び立ち上がることができた。

「あっ！　大師匠から預かったお手紙があります！」

「先に出しなさいよ！」

「ごめんなさいこちらです……あ、読みます！」

盲目のヴァレンを見て、リアーズが代読する。

「えーと、『弟子を一人前に育てた時、再び相見《あいまみ》えましょう』です！」

「それだけ？」

「はい！」

「…………師匠らしいっちゃらしいな」

はぁ、とため息をつく。

どんな理由があるかは知らないが、師匠は自分の前から姿を消した。

そして、師匠の予想通り、自堕落《じだらく》になっていたヴァレンに、弟子を取らせた。

これはきっと、試練だ。いつもの理不尽な試練なのだ。

どこの坊ちゃんか知らないが、リアーズの才能は本物だ。自分を凌《しの》ぐものだろう。

この天才を育て上げ、ジェノヴァ流を伝えること。

きっとそれが、師匠の考えなのだ。

きっとこれが、師匠が自分に与えた試練なのだ。

――お会いできないのは寂しいですが、俺、もう一度頑張ります。

失った目で、彼方を見る。

☆

帰り道。

「あ、そうだ」

と思い出したようにヴァレン。

「もう一度聞くけど、お前、本当に男だよな？」

見えてない目でリアーズを見下ろして、再度確認する。

「もももももちろんです！　しつこいですね、師匠も！」

「念のためなんだが……胸を触ってもいいか？」

「はっ⁉」

「どうもお前の動きが、男にしちゃ柔らかすぎる。女じゃないと確信したいんだ」

「柔らか……な、なるほど。わかりました。ヴァレンティーノ師匠が？　そこまで？　仰《おっしゃ》るのであれば？　仕方ありませんね！」

少年は、もじもじとして、

「ど、どうぞ！」

胸を差し出した。

「では失礼」

ぺたり。

ぺたぺた。

ぺたーりぺたーり。

「…………ないな」

「…………そりゃ、男ですから」

ヴァレンは手を離して、しかし納得いかなそうに、謝った。

「すまん、本当に男だった。良かった……」

なんかこう、ぷにゅっと奥の方でかすかに動いた気がするけど、ぺたりとしたから違うだろう。女の胸を触ったことがないからよくわからないけど。

　少年はやや声を震わせながら、

「………いえ、わかってくだされば、良いのです」

「あれ？　なんか怒った？」

「いいえ？　怒ってはいませんよ？」

　にこにこリアーズ。

「なら良いんだ。あと、これも念のため聞いておくけど……同性愛とか興味あります？」

「ひょえっ⁉　な、ないです！　まさか師匠……？」

「え、あ、違う。俺は異性愛者だ。そう警戒するな」

「はぁ……。あのぉ師匠、どうしてそこまで女性を遠ざけるのですか？」

「いや、な、最近、資産目当てで近づいてくる女の人が多くてなぁ」

「は？」

「ほら、ジーナ師匠から聞いてるだろ？　俺っていちおう元帝国宮廷魔術師の上の方で、それなりに報酬《ほうしゅう》良かったし、二年前に辞めてからも退役報酬とか出てるし、無駄に金があるんだよ」

「お金に無駄はありませんが？」

「え、はい。急に迫力凄《すご》いね？」

「ていうか、そんなにお金があるなら、僕がお手伝いしなくても毎日メイドさんに来ていただけるのでは？」

「毎日来てもらったら、俺が大変じゃん」

「？　なぜです？」

「ほら……俺だって男だし……。ていうか、女のひと、正直ちょっと怖いっていうか、慣れないっていうか……」

「はぁ……」

「前のお手伝いさんにぐいぐい来られて、怖かったんだよな……。お前が男だから話すけど、夜這《よば》いとか仕掛けられて……」

「はぁ!?」

「既成事実を作りたかったんだろうなぁ……。まぁ俺の方はビビっちゃって勃起《ぼっき》しなかったから事なきを得たんだけど」

「ぼぼぼぼぼぼ!?」

「危うく閃煌体《せんこうたい》に変身するところだったよ」

「それは洒落《しゃれ》になりませんね……」

「まぁとにかく、こんなダメダメ笛吹き陰キャ人間に、若い娘さん方が次々求婚してくるのよ。お金目当てで。お前は違うよね？　って確認」

「………まぁ、違います、ね」

「なら良かった。いや～女だったら弟子にしてなかったな～。ははは っ」

「そそそそうですかそうですか、いや～男でよかったな～。はははっ」

☆

胸が痛い、とリアは思う。

比喩《ひゆ》ではなく、物理的に。

サラシで強引に締め付けてる乳房が、痛い。

胸を触られたときはもうダメかと思ったが、師匠がどうて……女性経験がないみたいで助かった。めちゃくちゃ恥ずかしかったけど。

──もうお嫁に行けないなぁ。

色んな意味でそう思う。

ヴァレンティーノ・ジェノヴァ。元帝国宮廷魔術師。閃煌《せんこう》魔術の使い手。最強と名高い魔術戦闘の流派、一子相伝《いっしそうでん》『ジェノヴァ流』の正統後継者。

──私の、初恋のひと。

自領で毎年行われる『決闘の儀』で、ヴァレン様が戦う姿を一目見たときから、自分の心はこのひとのもの。

女嫌いで頑固な笛吹きになってるって聞いたから男装してきたけれど、正解だった。

正解だったけれど、間違いだったたかもしれない。

――嘘、ついちゃったなぁ……。

はぁ、と心の中でため息をつく。

自分は生まれつき身体《からだ》が弱く、病気がちで、戦闘魔術はもちろん、寝台から起きることすら難しかった。このまま一生寝たきりだろうと医師に宣告され、人生に絶望した。

そんなとき、ヴァレン様の決闘を領城の窓から見て、彼と彼の魔術に一目惚《ひとめぼ》れしたのだ。


自由に舞い飛ぶ光の鳥。

燃え盛る炎のような白い虎。

リアの渇望《かつぼう》を体現するものが、確かにそこにはあった。

閃煌《せんこう》魔術。

リアの心を捉えて離さないその光景は、魂の煌《きら》めきそのものだった。


でも、自分が一目惚れしたヴァレン様の心は、すでにあの方のものだった。

『リアーチェ・レジェンダ・アルジェント。お前に『人生』をくれてやろう』

あの夜、リアの寝台に突然現れたジーナ大師匠はそう仰《おつしや》って、『アッシュウィーザの龍眼《りゆうがん》』を与えてくださった。

龍眼は禁術であり、その効果は絶大だった。

リアは、健康な肉体になった。息ができるようになった。歩けるようになった。走れるようになった。腕を、足を、自由に伸ばせるようになった。

魔術だって使えるようになった。そうなったらとても楽しくて。ジーナ大師匠に教わって、かつて見たあのひとの魔術を真似《まね》した。あの、煌めく、閃煌魔術を。

ここから人生が始まるのだと思った。

ジーナ大師匠は、本当に、自分の人生をくださったのだ。

安寧《あんねい》とした、ただ死を待つだけの長い日々を殺し尽くすように、生きる意味を与えてくださったのだ。

そして——こう言った。

『ヴァレンティーノの元へ行きたいのだろう？　行くがいい。アレは私の最高傑作《けっさく》だ。雛鳥《ひなどり》のように私を慕《した》い、子供のように私を母親だと思い、愛している。そう育てたからな』

あのひとの——ヴァレン様の心はもう、ジーナ様のものだった。

それでも構わない。

この恋が一生叶わなくてもいい。

ただ、残されたこの一分一秒を、あなたとともに過ごしたいのです。

——それはそれとして、ですね……。

胸が痛い。

物理的に痛いのもあるのだけど、やっぱり性別を騙《だま》しているのが精神的にも辛《つら》い。でも言えない。

女だと知られたら、このひとは——女嫌いな頑固者なんかじゃなくて実はただ女性に耐性がないだけの童貞だったヴァレン師匠は——自分を破門にするだろうから。

だから言えない。

性別の秘密、龍眼の秘密。

二つの秘密を抱えて、リアーチェはヴァレンの内弟子を続けなければならないのだ。

右手で杖《つえ》をついて歩く師匠の左側を歩き、自身の肩に手を置いてもらい、リアーチェは彼とともに歩いていく。

……あと、女性がお金目当てで寄ってくるって言ってたの、それヴァレン師匠が単純にめちゃくちゃモテてるだけでは？　とも言えなかった。

言えなかったが、いちおう確認しとく。

「あの師匠、お気を悪くされたなら申し訳ないんですが……」

「うん、どした？」

「その……御目を失明されたのは三年前なんですよね？」

「そうだけど？」

「失明される前は、鏡を見なかったんですか？」

「変なこと訊くね。俺が失明する前に見てたのは、ジーナ師匠だけだよ」

「…………。その当時は、女性は言い寄ってこなかったんですか？」

「来なかったよ。当たり前じゃん。まだ稼《かせ》いでなかったし」

「…………。もしかして、失明される前はずっとジーナ師匠とご一緒でした？」

「当たり前じゃん。朝から晩まで師匠に付きっ切りだったよ」

「…………………そうですか～」

賜《たまわ》った目で、彼方を見る。

どこかにいるであろう、恩人でありライバルでもあるあの方に思いを馳《は》せる。

本当に上手《うま》くやりやがりましたね、ジーナ大師匠。

――どうしよう。私、本当に結婚できないや。

もう、笑うしかなかった。

☆　☆　☆　☆　☆　☆

「ちぇすと――――――！」

問《とい》。

家に帰ってきたらメイドさんが箒《ほうき》で殴《なぐ》り掛かってきた場合の対処方法を求めよ。なお、箒には強力な人体破壊攻撃魔術が組まれているとする。

護身用という話でヴァレンはいちおう納得はしていた。トーカの街もなんだかんだ物騒だし、男の家に女性が一人でお手伝いにくるわけだし。

でもさすがに触れただけで人間を粉《こな》みじんにする魔術はやり過ぎなんじゃないかなあと思わないでもない。

そんなことを考えながら、振り下ろされた殺人箒を、魔石も付いていなければ魔術も組み込まれていない、何の変哲もないただの樫《かし》の杖で受け止めた。何も起こらない。箒から杖に伝わり、杖から人体に伝わってくるはずの人体破壊魔術を、ヴァレンが杖の真ん中の部分で魔力の流れを反転させて相殺《そうさい》したのだ。

ジェノヴァ流でいうところの『魔力を殺す《ばか》』というやつだ。

つまり、魔術を殺す。

これが先の問《とい》の正解である。

魔力／魔素《マナ》を扱う技術、という広い意味では魔術の一種ではある。だが、相手の力を利用して自身の魔力はほとんど使わないので、どちらかというと体術に近く、いまのヴァレンでも可能な芸当であった。ヴァレンにとっては、ごろつきを投げたのと感覚的には同じであるが、これができる者は帝国軍最高位の魔術師でもそうはいない。

ところで、ようやくメイドさんが我に返った。目を丸くして、

「あら？　ヴァレンティーノ様？」

「あら？　じゃないんですよアンネさん。いきなり顧客《こきゃく》を殺そうとしないでください」

「んまっ！　これはとんだ失礼を！　違うんです聞いてくださいだって外には魔物がたくさん

いるんでしょう私もう怖くて怖くて！」

あーそういうことかー、と納得した。進入してきたモンスターだと思ったのね。この家には住宅用の通信魔術《コール》がないから。

「トロールたちなら全部どっかいきましたよ。他に小型モンスターはいなかったと思います」

はー、と安心したように息を吐くメイドさん。

「まあ、そうでしたの。それは良かったです。戦闘の影響でギルドへの通信魔術《コール》も通じませんし、私、もう一生この家から出られないかと思いました。別にそれでも良いのですけれど」

「良くはないでしょ」

すすす、とアンネさんが体を寄せてくる。彼女の肉体から、桃の香りがした。どきどきする。

「いいえ？　ヴァレンティーノ様がお許しになさってくれればすぐにでも住所登録をこちらに移して今夜からでもご一緒のベッドで……その子、誰です？」

やっとかよ。やっと気づいたのかよ。

ヴァレンと、その隣で腕を絡ませていたリアは同時に思った。思ったが、口には出さなかった。リアが直立の姿勢になり、額に手を当ててびしっと敬礼した。

「初めまして、ヴァレン師匠の内弟子になりました、リアーズ・レジェンダと申します！」

やけに内弟子を強調するね、リアくん？

「これはこれはご丁寧に初めまして。わたくしメイドギルドから派遣されてもうずっとずーっとヴァレン様のお世話をしております、アンネと申します」

やけにずーっとを強調しますね、アンネさん？

なんだろう、二人の間にばちばちとした魔力の流れが視えるのだが……。

かと思えばアンネがくるりと振り返り、

「こんなイケショタ、どこで捕まえてきたんです？」

「イケショタってなんですか？」

「平たく言えば、美少年という意味です」

よくわからないな、家事用語《メイド》って。

ヴァレンはかくかくしかじかと事情を説明した。リアにちょいちょい訂正《ていせい》を入れられながら。

メイドさんは納得した様子で、

「では、リアーズ様がヴァレンティーノ様のお世話をなさると」

「そうなんです。アンネさん、リアーズに家事のあれこれを教えてやってくれませんか？　どうもこいつ、いいとこの坊ちゃんっぽくて、何もできなさそうなんです」

「はぁ……まぁお時間のうちなら構いませんが。ひょっとして私、お役御免ですか？」

「いえ、リアーズがちゃんとできるようになるまでは、アンネさんにも来ていただきたいなと思っています」

「左様《さよう》でございますか」

安心したような、うきうきしたような声音《こわね》で、アンネは頷《うなず》いた。

リアが元気いっぱいに、

「アンネさん、ご指導ご鞭撻《べんたつ》のほど、宜《よろ》しくお願い致します！」

「ええ、ええ。活《い》きの良いショタは大好きです。私が手取り足取りお教えして差し上げますね？」

「その！　手取り足取りというのは、いやらしい意味ではありませんよね⁉」

なに言ってんの？

「見どころはありそうですわね」

「よくわかりませんが、やったぁ！」

うるさくなりそうだなぁ、とヴァレンはこっそり途方に暮れている。

☆

「はーい、できましたよー」

アンネさんが、ヴァレンの首に巻かれた薄手のマントを取った。マントについたたくさんの毛が、ばさばさと落ちていく。頭が妙に、いつも以上に軽くなっているのは気のせいではないだろう。途中で気付いたヴァレンがいくら抗議の声を上げても、メイドのアンネさんは鋏《はさみ》を動かす手を止めなかった。

「うわ――――！　師匠、すっごく短くなってますよー！　お似合いですっっ！」

横からリアの元気な声が聞こえる。うるせえ。

というわけで散髪された。ぼさぼさだった頭がすっきり短髪になったらしい。くせっ毛はそのままっぽいが。

「明日は久しぶりに冒険者ギルドへ行くのでしょう？　でしたら相応の格好をしませんと！」

「そこまでやる必要はないと思うんですが……」

頭をかく。まぁいいか。

「では師匠、お風呂に入りませんと。僭越《せんえつ》ながら、不肖《ふしょう》このリアーズがお背中をお流ししましょう」

「はあ、まあ助かるけど」

「ではヴァレン様、そのご指導に私もついてまいりますね？」

「アンネさんは来ちゃダメです」

襲われたらかなわん。

「ぼ、僕は服は着てますからね！」

「え、うん」

なぜ強調？

☆

翌日。

「えっ⁉　笛吹きヴァレンさん⁉　本当に⁉　髪切ったら別人ですね！」

トーカの街の中心部にある冒険者ギルドへ行ったら、受付嬢にめちゃくちゃ驚かれた。そんなにびっくりするか。

「はぁ、どうも」

受付嬢はもじもじした気配《ようす》で、

「あのう……私、今日は早くに上がるんですけど、お食事とか一緒にどうですか？」

「すみません！　師匠は今日はビーフシチューなので！」

いきなり夕食のお誘いを受け、いきなり横から弟子に断られた。「俺はシチューじゃないが？」とヴァレンは思う。こほんと咳払《せきばら》い。

「冗談はともかく、今日は仕事《クエスト》の依頼と、こいつの冒険者登録に来たんです」

「冗談ではないのですが……あらまあ、なんて素敵な美少年。こんなイケショタ、どこで捕まえてきたんです？」

メイド用語、流行《はや》ってるのかしら？

「初めまして、ヴァレン師匠の内弟子になりました、リアーズ・レジェンダと申します！」

今日も今日とて内弟子を強調するリアーズくん。なぜだろう。

それはともかく、冒険者登録だ。

引越しの手伝いからゴブリンの討伐《とうばつ》までなんでもやる便利屋な傭兵《ようへい》、それが冒険者。

帝国宮廷魔術師を引退したヴァレンは、仕事をする気はなかったが帝国身分証を取得するためだけに名目だけの冒険者となった。特技の項目には『笛』としか記載されていない。

登録する際に計測した魔力値は最低のF。一般人の平均以下だ。アッシュウィーザの龍眼《りゅうがん》を使えばA相当にまで上がると思われるが、やる意味がないし、十秒しか戦えないのにA級相当の仕事《クエスト》を振られても困る。

弟子に取ったリアーズは身分証やそれに準ずるものを所持していないようだった。これだからお坊ちゃんは困る。仕方ないので、用事のついでに作ってやろうと思ったのだった。

「じゃあ、リアーズくんはあっちでお姉さんと一緒にイイコトしましょうね？」

受付嬢が猫を撫《な》でるような声で、弟子を奥の部屋へ連れていった。魔力値測定のためだ。たぶん。

こっちはこっちで依頼を出したので、待合室のベンチに座ってしばし待つ。

なんか妙に視線を感じる。無能の笛吹き冒険者は珍しいもんなぁ。

と、奥の部屋の方から叫び声が聞こえた。驚愕《きょうがく》の声音《こわね》だ。殺気はない。緊急性はないが興味は惹《ひ》かれる。ていうか、リアーズの向かった部屋じゃない？

「リアーズくん、大《おっ》きすぎ!!!!」

あー、しまった。あいつに手加減しろってていうの忘れてた。

周囲がざわついている。奥の空間から受付嬢とリアーズが歩いてくる気配を感じる。弟子はおどおどした歩き方、受付嬢は興奮した歩き方で、

「我がトーカのギルドからS級相当の魔力の持ち主が出ましたー！」

がらんがらん、と鐘が鳴らされた。

そんな宝くじの当選みたいに個人情報をバラすな。

周りの冒険者ががたがたっと腰を上げた。なんだろう、動き方から読むと、だいぶ女性の比率が多い気が……。

「うちのパーティに入らない⁉」

「お姉さんたちが手取り足取り教えてあげる！」

「S級ショタを逃すな！」

我が弟子が女性パーティにめっちゃ勧誘《モテ》されている。嫉妬《しっと》しちゃう。S級ショタってなんだ。

だがリアーズは、

「ご、ごめんなさい！」

と断った。いいぞ。

「僕は――ヴァレン様に生涯《しょうがい》をかけて尽くすと決めたんです‼」

と宣《のたま》った。あれれ？

なにか言葉のチョイスがおかしくないだろうか、そんな風に思ったのもつかの間、

「イケショタが笛吹きに騙《だま》されてる……」

「稚児《ちご》よ、稚児……」

「小姓《こしょう》だ……」

「帝都条例違反じゃない？」

誤解されてる⁉

「さぁ師匠、行きましょう！　ここは色んな意味で危険です！　僕の登録は済みました！　冒険者証も貰いました！」

「えっちょっ」

リアーズにぐいっと手を引かれて、半ば強引にギルドを後にしたのだった。色んな意味で危険って、どういう意味？

などと聞ける雰囲気《ふんいき》じゃなかった。リアーズはなにか怒っているような、恥ずかしがっているような雰囲気で、ずんずんと街を歩いていく。ヴァレンの手を引いて。

「まったく、僕はともかく、師匠にまで色を仕掛けようとするなんて……」

ぶつぶつ言っているが、よく聞こえない。

「ひょっとして俺、子供の誘拐犯《ゆうかいはん》とか思われてんのかな……」

「僕は子供じゃありませんし、師匠は誘拐犯じゃありません！」

「そうだけど……傷付くわぁ……」

今気づいたとばかりにリアが尋ねてくる。

「師匠、意外とメンタル弱い方ですか？」

「強かったら三年もニートみたいな生活してないよ」

「そっかぁ……」

やけに深い納得の声音だった。

師匠はいたく傷付きました。

☆

今日は酒の回りが早い。

ダメ男が、ボルドールの良いワインを飲みながら、テーブルにぐでぇっと突っ伏している。

「騙してないよぉ……ただの弟子だよぉ……なんであんなこと言われなきゃいけないんだよぉ……世の中間違ってるよぉ……」

「しっかりしてください師匠。今日はビーフシチューですよ、はいどうぞ」

いい香りだ。嗅《か》いだとたんに腹が減ってきた。そういえばギルドから帰ってきて、何も食べてない。すぐ酒を飲み始めたんだった。そりゃ酔いも回る。

スプーンを口に運ぶ。リアが。ふーふーとやけどしないように息を吹きかけて。ヴァレンの口にあーんと入れる。酔っ払っているヴァレンティーノはなんの抵抗もなく受け入れた。

にんじんの甘さが口の中で広がっていく。牛肉の柔らかさが心の柔らかい部分を刺激する。

「おいしい………リア、お前、料理、上手《うま》いのね…………………」

「アンネさんに教わりましたから！」

メイドさんは今日も手伝いに来てくれていた。

とりあえず一週間、リアに家事を教えてくれる約束だ。

「リアくん、最初は卵の割り方も知らないおじょ……お坊ちゃんでしたけれど、覚えは大変よろしいですわ。うちのギルドに欲しいくらいです」

「ショタメイドかー」

「美少年執事――流行《はや》りますわね、間違いなく」

執事姿のリアーズを想像してみた。上手くイメージがわかない。そういえば、弟子の姿をちゃんと見たのは決闘のときだけで、それも一瞬だった。

――リアはどんな顔してるんだ……？

そう訊こうとしたが、シチューを食べ終わって満腹になったヴァレンは、むにゃむにゃと口を動かせたまま寝落ちした。

とても幸せそうな、寝顔だった。

「こう見てると、ただの酔っ払いのダメ人間なんですが……」

「まあ、あながち間違いではありませんね」

弟子とメイドが忌憚《きたん》のない意見を述べているのは、もう夢の中にいるヴァレンには聞こえなかった。

悪夢はもう、見てはいないようである。

☆　☆　☆　☆　☆　☆

リアが来てから、生活がうるさくなった。

でも、悪い気がしないのはなんでだろう。

灰色の世界に、色が彩られたみたいだ。

そんな風にヴァレンが感じ始めた、内弟子を取ってから三日目の夜のこと。

ごはんですよー、と呼ばれたのでダイニングテーブルに向かう。その途中、メイドさんが立ちはだかった。

「アンネさん？」

☆

こう見えても自分の夢は『素敵なお嫁さんになること』である。

素敵な旦那様《だんなさま》と結婚して、幸せな家庭を築くこと。それがアンネ・ミネルヴィーノの目下《もっか》の野望である。たとえ殺人箒《ぼうき》で武装し、全身に暗器を隠し持ち、家事手伝いギルドと諜報《ちょうほう》ギルドを掛け持っている密偵としてヴァレンティーノ・ジェノヴァの自宅に潜入している身だとしても、それは揺るぎない。

産まれは北の島国だった。吹雪《ふぶ》く冬には息すら凍りそうな極寒の環境で、アンネは『帝国に歯向かったウェルイ人』と帝国人のハーフとして育った。いったいいつの時代の話をしているのかと思う。この領地が帝国の侵略に抗《あらが》い、王侯貴族が根絶やしにされたのは、もう何百年も昔の話なのに、帝国人はいまだにウェルイ人を『魔族』などと称する。

そんな厳しい環境のせいなのか、貧しい生活のせいなのか、あるいは愚かなだけなのか、両親は不仲だった。望んで結婚したくせに、親の反対を押し切って駆け落ちまでしたくせに、幼い自分の目の前で口汚く罵《のの》り合っていた。帝国の血は残虐《ざんぎゃく》な侵略者のそれだの、ウェルイ人は魔王の血が流れてる野蛮《やばん》な未開人だのと、外の吹雪に負けないくらい大きな声でお互いを罵《ば》倒《とう》していた。

幼心に思う。

では、その両方の血が流れている自分はどうなのか。

残虐な侵略者で、野蛮な未開人なのか。

狭い家の中はどこにも逃げ場がなく、氷点下の外にも逃げ出せず、ただただ心を殺して、愚かな父と母の、もはや人のものにすら聞こえない鳴き声を聞いていた。

いつか、この家から逃げ出そう。

いずれ、この島から抜け出そう。

幼いアンネにあったのは、その『いつか』という希望だけだ。

だから、こう見えても自分の夢は『素敵なお嫁さんになること』であるし、素敵な旦那様と結婚して幸せな家庭を築くことが目下の野望であるし、逃げ出す過程で習得せざるを得なかった技術よりも、家事手伝いギルドで習った『料理洗濯《せんたく》お裁縫《さいほう》』の方がよっぽど好きだった。

ヴァレンティーノ・ジェノヴァの自宅への潜入任務も、半分以上は趣味である。

だが──『技術』の一つである寝技に持ち込みたいところだがどうも上手《うま》くいかない。前任者もそれが原因で担当を外されたというし、本人がひどい厭世家《えんせいか》で女性にトラウマがあるらしくちっとも引っ掛からない。せっかく顔が良いのに勿体《もったい》ないと思う。こっちは毎日三つは桃を食べて、身体《からだ》の香りづけまでしているというのに。

そして、これは長期戦になりそうだと覚悟を決めたその日、

「初めまして、ヴァレン師匠の内弟子になりました、リアーズ・レジェンダと申します！」

嫌な予感はしていたのだ。

昨夜から降り続ける雨は故郷を思い出すほど寒々しいし、叩き上げとしては帝国最高位の宮廷魔術師であるクリストフ師団長が突然ヴァレンティーノに接触するし、一目でわかるほどヤバい魔力の持ち主がそのヤバい魔力を一切隠そうともせずにいきなり家に押しかけてくるし、ギルドの連絡もなくダンジョンからモンスターが溢《あふ》れては街を襲いだすし、とにかく挙げればキリがないほど今日は嫌な予感の大安売りだった。

そのトドメに、内弟子である。

ヤバい魔力の持ち主が内弟子になってしまった。

この状況は大変ヤバいですわ、とアンネは内心で冷や汗をかいている。

なにか手を打たなければマズい。

この未来の旦那様候補を、奪われてしまう。

「アンネさん？」

ヴァレンティーノが不思議そうに首を傾《かし》げた。よし、とりあえずいつもの手だ。

「ヴァレン様、本日は東方伝来、牛肉を使った『じゃぶじゃぶ』ですが……その前に」

立てば芍薬《しゃくやく》、座れば牡丹《ぼたん》、歩く姿は百合《ゆり》の花。そんな言葉を脳裏《のうり》にそらんじつつヴァレンの手を取る。あくまでも自然に、優しく。そうでなければこの殿方《とのがた》は『敵意』に反応して相手を投げてしまうから。

ひとかけらの敵意も悪意もなく、彼の手を自分の胸に導いた。

ヴァレンの掌《てのひら》ごと、自分の胸を揉《も》む。

「──特上のお肉、いかがです?」

「えっあっちょっ」

いつもながらの突然の誘惑にヴァレンが慌てふためく。ごわごわしたメイド服の奥に、確かな体温と、ぷにょぷにゅした柔らかさを感じ取ったであろう。アンネがあえてブラジャーを外していることまでヴァレンが気付いているのかは不明だ。

攻めろ。

体を寄せる。抱き着く格好だ。ヴァレンの耳元で妖艶《ようえん》に囁《ささや》く。培《つちか》った技術をここで使う。

「顔を真っ赤にして可愛《かわい》らしい……。いかがです……?」

「ちょっ、あっ……けっ、結構です……」

奥の風呂場から自分と同種の気配──ちっ、もう気づきやがりましたか。

「あら残念。これ以上は、リアくんに怒られてしまいますわね」

さっと身体《からだ》を離す。押し引きが重要なのは言うまでもないが、いまこの時においてはその狙いはない。邪魔が入った。これ以上続けたらこちらが危ない。

「うふふ。気が変わったら仰《おっしゃ》ってくださいね？　もちろん、口に出さずに行動で示されてもかまいませんので」

「はぁ……」

ヴァレンの顔が真っ赤になっている。おや？　と思う。

つい先日までは『生きる屍《しかばね》』みたいな状態だったのに、ぴちぴち獲れ立ての鮮魚のような活発さだ。ダイニングテーブルへ歩いていく様子からも、どこかソワソワしていると読み取れる。

――というかヴァレン様、この初々《ういうい》しさはやはり……童貞？　押せばイケるのでは？　でもそのきっかけは……あのお嬢さんですわね？

椅子《いす》を引くのに手間取っているヴァレンを観察する。あえて手を出さない。風呂場からどたばたと足音が近づいてくるから。

「あー！　僕がお風呂掃除《そうじ》してる間に何やってるんですか！　アンネさん、師匠を誘惑するのはやめてください！」

「はぁ～い」

ぜんぜん悪いと思ってなさそうな声で返事をしたアンネは、ヴァレンの椅子を引くのを手伝っているリアを見ながら、想う。

――ひょっとして私、詰んでます？

獲れ立て鮮魚のようなぴちぴちさを取り戻したのは良いけれど、どうも自分は眼中にないらしい。悔《くや》しさもあるが、それよりも冷静な思考が勝った。

——男装までして内弟子になったあの子……リアーズというのも偽名でしょう。ギルドからはなんの指示も出ていませんし、ここは黙っておきますか。

とはいえ、だ。

「あらリアくん、床にゴミが落ちてますわ？」

「あっ、本当だ！　すみません、僕としたことが。さっきお掃除したはずなんですが……」

立ったまま腰をくの字にして床に手を伸ばすリア。実に関節が柔らかい。だがかすかに胸部が邪魔そうにしているのをアンネは見逃さなかった。明らかに『存在していた——それも巨大な——モノ』を意識する動きだ。そして臀部《でんぶ》および骨盤から足首までのラインがあまりにも女らしい。

ヴァレンティーノが盲目でなければ、床からゴミを拾うこの姿勢だけで看破できたであろう。

いや、実際に一度は疑って胸を触ったらしいが……ふむ。

ギルドには黙っているが、悔しいもんは悔しい。よって、

「ぺろんちょ☆」

戯《たわむ》れに、リアの突き出た尻を撫《な》でてみた。可能な限り煽情的《いやらしく》に。すると、

「きゃんっ！」

リ、リ、リ、リアーチェが声を上げた。飛び上がってお尻をさすり、自分の発した『女らしい』声に失策を悟って口を手で覆う。ヴァレンティーノの不思議そうな声、

「え、なに今の声……犬でもいる？　そんな魔力は感じないけど……」

心臓がばっくんばっくんいっているであろうリアを尻目に、全身全霊で笑いを堪えているアンネは淡々と告げた。

「失礼しました。私がつい……少女らしい声を出してしまいました」

「え、いまの、アンネさんの声だったんですか？」

「はい。その……リアくんがうっかり私の臀部を撫でてしまいまして」

「でんぶ……あ、ああ……なるほど……気を付けなさいね、リアーズ」

突然自分のせいにされて突然叱《しか》られるリアは大混乱でアンネを見る。へへへ、ざまあないですわね。『今のは私ということにしておきますね』という意味のウインクをしておく。

「えっ⁉　あ、はい……。ごめんなさい？」

「いえ、ただの事故ですので。ねぇ、リアくん？」

「はい……。そ、そうです！　リアは痴漢《ちかん》なんかしません！」

アンネがこそこそと、

――ごめんなさい、つい触っちゃいました。

リアがこそこそと、

──び、び、びっくりしたじゃないですか！　もう……気を付けてください！

ここで不意打ち。

──リアくんは女の子ですよね？

──んっっっっっっっっっっっっっっっっっっっっっっっ！　ち、ちがいましゅっ！

激しく狼狽《ろうばい》するリアに、もうそれだけで答えが出てると言わんばかりに「はいはい」と笑ってやった。

──可愛らしいこと。

きっと彼女も苦労しているのだろう。同じ故郷のよしみだ。気も済んだし、この辺で勘弁して差し上げますわ、などと思う。

「ところでリアくん、ヴァレン様が日記に付けられた詩、興味ありません？」

顧客《こきゃく》の日記をエプロンのポケットからそっと取り出した。

「なんですかそれ⁉」

「ちょ、アンネさんなにを」

──

「友もおらず」「妻もおらず」「子もおらず」

「ひとりきり」

「路傍《ろぼう》で笛を吹き」「ただ朽《く》ちていくだけの日々」

「諦観《ていかん》と後悔《こうかい》に満ちた」「死を待つだけの人生──」

——


「徹夜で書いたラブレターみたいですね！」

「酔ってますわねぇ、自分に」

ヴァレンは両手で顔を覆っている。恥ずかしさで死にそう。

「シテ……コロシテ……！」

平和でうるさい日常だった。

ヴァレンは、なにも気づいてはいなかった。

☆　☆　☆　☆　☆　☆

そんなこんなで一週間が過ぎた頃、冒険者ギルドから連絡が来た。

ヴァレンがこの間、依頼しておいた件だ。使いの者が来て、直接、内容を話した。

「ジーナ師匠の情報があった。ちょっと行ってくる」

ヴァレンはすぐに旅の支度《したく》を始めている。

「僕も行きますよ師匠！」

「いいよ、一人で」

「御目のこともありますし、ていうかこの一週間まっっったく稽古《けいこ》つけてくれなかったじゃないですか！　いつお戻りになるかわからないのなら、旅の途中で稽古つけてください！」

そうなのだった。内弟子なのをいいことに、ヴァレンはリアにひたすら家事だけやらせて、まったく稽古つけてなかったのである。

「いや待て、瞑想《めいそう》は教えただろ」

「師匠と試合稽古がしたいです！」

「気持ちはわかるがまだ早い。いまは瞑想するのが一番効率的だ」

てっきり食って掛かってくるかと思ったが、リアは意外にも冷静に、

「なにかお考えがあってのことですね？」

「そうだよ。お前は潜在的な魔力量はすさまじいくせに、放出する魔力量の調整が上手《うま》くいっていない。デカい桶《おけ》に水がたくさん入ってるのに、あちこち穴が開いてて無駄になっているようなもんだ。この無駄遣い野郎。羨《うらや》ましいぜ」

「怒られてるんだか褒《ほ》められてるんだかわかりません！」

「叱ってるんだ。だからまずは瞑想しとけ。座禅《ざぜん》組んで一か所からちょっとずつ魔力を出すイメージだよ。一か月もすれば、閃煌体《せんこうたい》の維持時間も倍に伸びる」

「そんなに！」

嬉しそうな声のリア。しかし、

「とはいえ！　いつお戻りになるかわからないのは事実！　やはり僕もお供します！」

「えぇ～」

そこにアンネさんが助け船、ヴァレンではなくリアに。

「道中で魔力を使う機会などいくらでもありましょう。リアくんがいないと、ヴァレンティーノ様は何もできない無能なのでは？」

「顧客に無能とか言っちゃやだめじゃない？」

「そうですよ師匠！　炊事洗濯《すいじせんたく》、杖《つえ》替わりに荷物持ち、おはようからおやすみまで、このリアーズがお世話します！」

「まぁそこまで言うなら……」

アンネがここぞとばかりに胸に手を当ててどや顔。

「では留守の番は当ギルドにお任せを。ご安心ください。ご請求はお戻りになられてからで結構ですので」

にっこり。

「商売が上手い」

「リアくんの指導料も上乗せしておきますね」

にっこり。

「えげつない」

でも助かってるんだよなぁ、とヴァレンは思う。

「では、留守の間、家をよろしくお願いします」

「仰《おお》せつかりました。行ってらっしゃいませ、ヴァレンティーノ様、リアーズ様。どうか、プレイアデスのご加護が、お二人の旅路にありますように」

恭《うやうや》しくアンネは一礼する。

「さぁ、参りましょう師匠！　ジーナ大師匠、探索の旅へ！」

大きな旅行鞄《かばん》を持った弟子が、手際《てぎわ》よく旅支度を終わらせていた。

こうして、リアとヴァレンは――絶対に女だとバレたくない男装少女《リアーチェ》と、それに全く気付かない鈍感童貞駄目師匠《ヴァレンティーノ》は――旅立つのであった。


そして。


「情報収集は、こういうところでするもんだ」

「やっべ…………」

温泉の前で、早くも終わろうとしている。

☆

街道の温泉都市・アグァーノ。

火山のふもとにある温泉の街だ。トーカと同じように交易が盛んだが、トーカよりも大きい。

そして硫黄《いおう》の匂《にお》いがする。

城壁の正門は馬車や旅人でそこそこ並んでいた。やがてヴァレンたちの番になり、補助ゲートで立ち止まると、門番の兵士に冒険者証を見せる。

「笛吹きは目が見えないのか」

背の低いリアが下から、

「僕がお世話をさせて頂いておりますので、大丈夫かと！」

兵士はそうか、と頷《うなず》く。

「この街は、道に視覚障害者用の案内魔石が埋め込まれてある。それを使うと良い」

「ありがとうございます」

ぺこりと頭を下げて、リアと一緒に外壁の門をくぐった。

硫黄の匂いが一段と濃くなった。弟子が隣で歓声を上げる。

「すっごいですよ、師匠！　これが温泉の香りなんですね！　ひともたくさんいます！」

「ああ……音も魔力もたくさんありすぎて酔いそうだ。悪いけど、案内頼むわ」

「そっか、師匠は魔力探知で視てるんでしたね。了解です！」

右手で杖を持っているヴァレンは、左手をリアに握られた。相変わらず柔らかい手だ。や、握らなくとも肩に置かせてもらえれば良いのだけど、

「ふんふん♪」

まぁ、リアが楽しそうなのでこのままでいいかとも思う。

まずはこの街の冒険者ギルド館へ向かった。

宿を紹介してもらい、情報も再確認。曰《いわ》く、

「ジェノバ流を名乗る女がいる――って話だったな」

「文字《スペル》が微妙に違いませんか？」
○ジェノヴァ　Genova
×ジェノバ　Genoba
「そうなんだよな……」

「妙ですね……？」

二人して、首を傾《かし》げる。

なかなかにボロい冒険者ギルド御用達《ごようたし》の宿に荷物を置いて、

「すぐに情報収集に出るぞ」

「？　ギルドで情報は貰ったのでは？」

「わかってないな、お坊ちゃん」

ぽんぽん、とそこにあるであろう場所に手を置いて頭を撫《な》でる。

「？？」

首を傾げたリアの頭は、さらさらだった。

☆

アグァーノ温泉、『ウーノ』。

この街で一番大きな温泉施設だ。入り口の前で、隣のヴァレン師匠が「うむ」と頷く。

「情報収集は、こういうところでするもんだ。地元民から直接訊き出さないと得られない情報もある」

「やっべ……………」

地味に大ピンチである。男ということにしてある自分は、もちろんヴァレンと一緒に男湯に入るわけである。まさか盲目の師匠ひとりを、風呂場に放り投げるわけにはいかない。

「いやー、さすがに一人だと温泉は難しいと思ってたけど、お前がいてくれて助かるよ」

――ほらー！　頼りにされてるー！

嬉しいけど複雑な心境のリアである。しかし、

――でも大丈夫！　私には、大師匠から教わった幻惑魔術がある！

思い出すのは数週間前。

一通りの閃煌《せんこう》魔術を教わった後で、ジーナ大師匠からこう聞いたのだ。

「ヴァレンはすっかり女性が苦手になっている。男装すると良い」

「なるほど……！」

「普段はこのサラシを巻いておけば、幻惑魔術によってお前は男性に見られる」

巻いてみた。

自分ではこれっぽっちも誇らしくない事実なのだが、リアーチェはめちゃくちゃ胸がデカい。頭よりデカい。アンダーは五〇台なのにトップが一一〇以上ある。おかしい。そのくせ身長が

全然伸びなかった。栄養をそっちに取られたのかもしれない。

いつもいつも窮屈《きゅうくつ》で、病床のときも胸の下に汗疹《あせも》ができたりして大変だったこの邪魔で邪魔でしょうがない乳房を、見たこともない文字の呪文が刻まれたサラシでぎゅうぎゅうに締め付ける。

びっくりした。

胸が消えた。

すごい、足元が見える。

肩の重みも消え去った。身体《からだ》を横に振ってもジャンプしても揺れない。揺れるものがない。

感動の瞬間だった。ジーナ大師匠の手を握り、もう何度目かわからない心からの感謝を伝えると、大師匠はふっと男のように笑って、

「なるべくサラシは外すなよ。お前の場合、すぐにバレるからな」

言われなくてもこんな便利なもの二度と外さないと思う。だが、

「やむなくサラシを外す状況もあろう。内弟子となるわけだからな」

それもそうか、と不安になった。

「では、どういたしましょう？」

「心配するでない。そのときは、今から教える偽装魔術を使えばよい」

「その偽装魔術を使えば、胸が消えるのですか⁉」

「いいや、感触はそのままだ。しかし、見た目は完璧《かんぺき》な男となる。あまりにも完璧すぎて悪用

する者が現れ、禁術扱いになり歴史に消えた。数百年前の話だ」

それはさておき、と大師匠が続ける。

「お前は完璧な男となる——だが、気を付けよ。偽装は見た目だけだ。感触はそのままだぞ、ゆめ、忘れるな！」

「承知しました！」

元気よく返事をしながら、見た目が男で感触はそのままってどういう意味なのだろう……とは思ったが、深く考えなかった。だって『胸が消える』サラシが便利すぎたから。

それが失敗だった。

数週間前の回想を終え、リアはいま愕然《がくぜん》としている。

受付でお金を払い、ヴァレン師匠の手を引き、帝国共通語で『男湯』と記された暖簾《のれん》をくぐった。

至極《しごく》当たり前のことなのだが、おとこのひとたちが、いっぱいいいた。

至極当たり前のことなのだが、全員が全裸だった。

あたまがくらくらする。

「…………うわ」

「？　リアくん？　大丈夫？　コーヒーミルク飲む？」

師匠が「くん付け」でやけに優しいのは、温泉で世話になることに引け目を感じているからだろう。そんなことは気にしなくていいのに。

そう、気にしなくていいのだ。師匠も、自分も。

なぜならふたりとも――おとこなのだから！

リアは覚悟を決めて、でも下を見つつ、そーっと脱衣所に入り、

「お」

「わぶ」

いきなりおじさんとぶつかった。おじさんのでっぷりした丸出しのお腹にリアの袖《そで》が触れた。

「わ、ごめんなさい！」

「おう。気を付けてな、坊主《ぼうず》」

反省する。いま自分は目が不自由な師匠を連れているのだ。そんな自分が、下を向いてどうする。顔を上げろ！　前を向け！　彼方《かなた》を目指せ！

そこらじゅうに全裸のおとこのひとがいる。いや、男性の裸を見るのははじめてではない。ヴァレン師匠の背中を流すときにちらっと見えちゃったこともある。でもこんないっぺんなのははじめてだよぉ！

「リアくん？」

「は、はいぃ！　大丈夫です師匠！　さぁ服を脱ぎましょうね～」

風呂に入る前から顔をゆでだこのように真っ赤にしているリアが、声をうわずらせながらヴァレンの脱衣を手伝う。

武装は受付に預けてきた。施錠《せじょう》魔術が組まれた魔石を使っている。自身の魔力紋《まりょくもん》でないと

外れない仕組みだ。だからそっちは安心。問題はこっちだ。

ヴァレンの脱衣もすぐ終わった。髪を短くした師匠は、以前よりも精悍《せいかん》でカッコよくなった。細身の身体は、三年間のぐーたら生活のせいでやや脂肪《しぼう》がついているが、筋肉質でとても好みだ。ちょっとうっとりしちゃう。

「リアくん？」

「は、はいぃ！　大丈夫です師匠！　さぁ服を脱ぎましょうね～」

「俺はもう脱いだよ。お前だよお前」

「あ、僕ですね！　はいっ！　……はい？」

リアの番だった。完全に忘れてた。一緒に風呂に入るには、自分も服を脱がなければならないのだ。だっていつもは服を着てたもん、とリアは誰かに言い訳をする。師匠と一緒にお風呂入るなんて初めてだもん。

「えーと、すぐ、脱ぎます……」

もそもそと答えて、上着に手を掛ける。視線を感じて振り返ったが気のせいだった。誰も見てはいない。見てるとしても、目が不自由な師匠のことを物珍しそうに見ているだけだ。見世《みせ》物《もの》じゃないぞ、とやや憤《いきどお》りの感情が芽生《めば》えるが、いま気にすべきは自分のことであった。

――僕は男、僕は男……。おれはおとこだ！

と、ジーナ大師匠から受け継いだ禁術の使用を決意。

――龍眼《りゅうがん》発動、偽装魔術、展開！

リアの目が青く光る。その瞳に星が宿る。ぱぁん、と粒子が弾ける。温泉都市の温泉施設の男湯の脱衣所で、とてつもない魔力量が放出され一瞬で消えた。

「あ?」

「いま、なんか光ったか?」

「照明魔石の不調じゃね?」

誰にも気付かれることなく、偽装魔術は完了した。

「おい」

隣にいた、師匠以外は。

「お前、いま何したの?」

ぐいっと顔を近づけて、見えないはずの目でリアを見据える。そりゃそうだ。こんな所で龍眼なんて使ったんだから——。

「え、えぇっとぉ……」

ここで言い訳に失敗すればリアが男だとバレてしまう。「実は女なんですが、男に変装しました」とか言おうものなら破門にされるし、ていうか男湯に入るために男装したなんて、とんでもない変態女として憲兵に突き出されてしまう。人生が終了する。

「なんでここで、目を使った?」

追及してくる師匠。駄目だもう逃げらんない。腹をくくって嘘をつく。

「その……実はぼく、の、の、のぼせやすくて……!」

「のぼせやすい？」

「は、はい……。なのでその、体温調節のために……」

我ながら下手《へた》な嘘だと思うがもうこれ以上は無理だった。師匠は当然、疑問を呈するが、

「それなら普通の強化魔術でいいだろ。なんでわざわざ龍眼を……って、ああ、そうか」

自分の中で納得した。どの結論に至ったのかぜんぜんわからない。心臓が跳ねあがる。ヤバい、もしかして、バレ――

「お前、普通の強化魔術、知らないんだっけ」

「は？」

「そうだったわ。リアはまだ、閃煌《せんこう》魔術しか知らないんだよな。それも変な話だけど……。そうか、それでか」

それでいこう！

「そ、そ、そうなんですよ〰〰〰！　ぼく、まだほとんど魔術って知らなくってぇ～！」

「悪い悪い。教えてなかった俺も悪かったな。でもそれなら早く言えって。のぼせにくい魔石くらい売ってるぜ？」

「そうなんですかぁ～？　知らなかったなぁ～？」

「それも知らなかったのか。ほんとお坊ちゃんだなお前は。ははは」

「あはははっ」

二人して笑う。笑いながら、

──あっぷなかった〰〰〰〰!

と、汗だくだくになっていることは知られてはいけない。

「じゃあ入ろうぜ。もう脱いだ？」

「あ、すぐ脱ぎます！」

慌てて答えて、自分の姿を見下ろした。眼下には不思議なサラシが巻いてある胸と、女らしい骨盤と、きゅっと丸まった足の指。

ゆっくりと、サラシを解いて──。

ばるん。

頭より大きな一一〇センチの乳房が解放された。三〇キログラムの重みが突如として肩にのしかかり腰にキて、ついでに足元が見えなくなった。

──こ、この邪魔脂肪《しぼう》めぇ～！

己の胸部を呪いながらパンツを脱ごうとした。足が引っ掛かった。足元が見えなくなっているのといきなり胸部に重量が加わったことにより、普段ではありえないことが起きた。バランスを崩して後ろに転倒した。

──ひぃ〰〰〰〰〰〰〰〰〰〰〰〰〰〰〰〰〰!

低身長爆乳少女が、パンツに足を引っかけたまま、男湯の床に全裸で寝転がった。

死ぬかと思う。

視界がぜんぶ男のひとのお尻で埋め尽くされ、かつ自分は生まれたままの姿をその男の人たちに見られたのだ。

死のうかと思う。

近くにいたおじさんがおもむろに手を伸ばしてきて、

「大丈夫かい、坊主」

と立たせてくれた。あれ？

「頭打ってないかい？」

「え、あ、平気です。ありがとうございます……」

そうだ。

偽装魔術で、周りの人には今の自分は男に見えてるんだった。本来の女の姿――アンネさんに触られたお尻と頭より大きな巨乳――が見えるのは、リアだけなのだ。

「あ、すみません、うちの弟子が」

「いいってことよ」

慌てて起き上がる。師匠にまで迷惑をかけてしまった。大反省だ。

「ごめんなさい、師匠……」

「気にすんな。温泉、お前も初めてなんだろ？　緊張するよな」

しかしヴァレンは笑って、頭を撫《な》でてくれた。

やばい、好き。

いやそうじゃなくて。

「すみません！　不肖《ふしょう》リアーズ、脱衣が終わりました！　さぁ入りましょう！」

リアはびしっと敬礼した。自分にしか見えない一一〇センチの巨乳が揺れる揺れる痛い痛い。

「はい、頼むよ～」

師匠の手を握り、浴場へ入る。

低身長巨乳美少女が全裸で、男湯に入る。

その顔はもう、見るも無残に真っ赤っかである。

そしてなぜか、視線を感じる。

今度は間違いじゃない。からり、と引き戸を開けて入ったヴァレンとリアに、温泉客の注目が集まっている。全裸の男の人たちが呆然《ぼうぜん》と、

「デカい……」

「デカい……」

「デカい……」

思わず胸を押さえるリアはもう泣きそうだ。

──な、なんで……！　男装は完璧《かんぺき》なはずなのに……！

と、周りの視線が自分の股間《こかん》に集中していると気が付く。周りからどう見えているか、指で丸を作って魔術レンズにして自分でも見てみた。

胸の大きさに比例して、アレも大きくなっていた。

――ひぃいいいいいいいいいいいいいい！　変なのが生えてるぅうううううううううう!!

心の中で絶叫しながら、ふらりと倒れそうになったのを、

「おい、大丈夫か？　リア？」

全裸のヴァレンに抱き留められた。ナマの胸、ナマのお腹、ナマの肌をナマで味わう。

「は、はいっ！　リアは大丈夫ですっ！」

「なら良いんだけど……」

もう何が起こったって驚くまい。

ヴァレンを洗い場に連れていった。ようやくここまで来たと思う。長かった。あともう少しだ。椅子《いす》に座るヴァレンの横から手を伸ばして、お湯と水の魔石を起動させる。

「師匠、お湯加減はどうでしょうか？」

「うん、ばっちり」

次はヴァレンの背中を洗う。受付で買ったスポンジを手に持って、彼の背中に近づけたら、
ぷにゅ、と何かが当たった。

「？　なに、いまの」

「スポンジです」

おっぱいだった。

「やけにつるつるして柔らかかったな。いいスポンジなんだな！」

「そ、そうですね……」

も、もう何が起こったって驚くまい。

泡《あわ》を立てて、きゅっきゅっとヴァレンの背中を洗う。あんまり力はいらない。魔力がありあまっている自分は、常に身体強化されているようなもので、筋力も男性並みだ。いまは股間もそうだがそれは忘れる。

忘れているから、足をすくわれることになる。

「わっ」

つるり、と床石と石鹸《せっけん》の泡で足を滑らせたリアが、ヴァレンに後ろから抱き着いた。頭より大きな胸が、彼の背中でぶにょんと潰れて滑って横に流れる。

「ひょわあああああああああああああああああっ！」

「おわ、びっくりした！」

「ごめんなさい師匠！」

「いやお前の声にびっくりしたよ……。で、またなんか……妙に柔らかい感触が……これもスポンジ？」

「そ、そうです！」

「二つも買ったの？」

「二つあります！」

「やけに大きかったけど？」

「特大サイズなんです！」

「マジか。めちゃくちゃ気持ちよかった。またやって」

「もうダメです!!」

「なんで……？」

「なんでもです!!」

戦いはまだ、始まったばかりだ。

☆

好きなひとと一緒に男湯に入ったことのある女はこの世に何人くらいいるだろうか。なおこの場合の男湯とは、貸し切りの家族風呂などではなく、公衆浴場で周りにたくさんの見知らぬ男性がいることとする。

知らないおじさんたちに囲まれながら、魔術で男装している低身長巨乳少女が、汗をだらだらに流しながら温泉に浸かっていた。頭より大きな胸がぷにょん、とお湯に浮いているのは誰にも見えてないはずだと信じているが、まるで生きた心地がしない。

隣にはヴァレン師匠。その隣にいるお爺《じい》さんが、

「弟さんかい？」

とヴァレンに訊いた。師匠はくすぐったそうに答える。

「弟子なんです」

お爺さんはリア（♂）の股間を見ると深く頷《うなず》いて、

「立派なモノをお持ちだ」

なに言ってんですかお爺さん。

「なんと……！　やるな、リアーズ……！」

色んな意味で恥ずかしくて死にそう。

「ちなみに……俺より大きいですか、弟子のモノは」

「勝負にならんよ。倍近くある」

「倍も⁉　通常時で⁉」

「あの！　もう僕の話はやめませんか⁉」

ヴァレンとジジイがきょとんとしたあと「あー」とわかったような顔をして、

「思春期じゃったか」

「すいません、まだ子供で……一部だけ大人になっちゃったみたいで」

思わず一一〇センチを超える胸を抱くリア（♀）だが、回りにはリア（♂）としか見えていないので隠す場所が違うのである。

「デカいといえば……こんな話を聞いたことがありませんか？」

と、ヴァレンはジジイに『ジェノバの女』について聞いた。

やっと本題だ。

「この辺りで大きな噂《うわさ》になってるとか」

ジジイは「うむぅ」と呻いた後、「あまり大きな声では言えんのじゃが」とさらに前置きをして、

「盗賊団《とうぞくだん》の首領が、そう名乗っておる」

周りの温泉客も次々と、

「聞いたことあるぜ、ジェノバの女」

「最近この辺りで勢力を伸ばしてきた盗賊たちだ」

「押し入り強盗に人さらい、なんでもやるタチの悪い連中だよ」

「憲兵もなかなか居場所を掴《つか》めないらしいぜ」

「坊主たちも気を付けな。旅の笛吹きなんだろ？　大事な商売道具が盗まれねぇようにな」

「いや、アイツらに目を付けられたら、まず命の心配だ。商売道具なんかくれてやって、逃げちまった方が良い」

それもそうだ、とヴァレンは頷いた。

「笛はどこでも吹けますからね。皆さん、ありがとうございます。道中、気を付けます」

「いいってことよ」「お弟子さんにはいいモノを見せてもらったしな」「アレ最大時はどこまでになるんだ……？」

だからもう自分の股間の話はやめてほしいと思うリアであった。

☆

温泉のロビーで、お礼代わりに笛を吹いたら、ヴァレンのイマイチな笛でも温泉客は喜んで聴いてくれた。

　夜風に吹かれながら、宿への帰り道をゆっくりと歩く。盲目のヴァレンにとって昼も夜も大して変わりはない。ただ、門番の兵士が言っていたように、この街は道路に通信魔術《コール》の案内魔石が埋まっていて、盲目の自分でも迷いにくくなっていた。

　とはいえ、初めての街だ。左手側にリアがいるのは心強い。

「ギルドからは得られなかった情報をゲットしたわけだが……いささか信じられないな」

　ジェノバの女が盗賊団の首領という話だ。

　自分たちが知るジェノヴァの女は、救国の英雄ジーナ・ジェノヴァであるが……。

「あのお方がそんなことをするでしょうか？」

「ない。絶対にない。あの人は悪事を犯すような女《ひと》じゃない」

　その断言の仕方に、リアが寂しそうにヴァレンを見上げたのを、彼は知らない。

「ま、会ってみるか」

「え、どうやってですか？　アジトの場所すら僕たちは知りません」

「蛇《じゃ》の道は蛇《へび》ってな」

あえて人通りの少ない、暗い道を選んで歩いてもらったのが功を奏した。

前と後ろに二人ずつ。

足音と気配と魔力からして、二十代後半から三十代前半の男性。荒事に慣れている様子で、手にはダガーナイフ。弟子が、

「師匠。この方たちは、いわゆる『物盗り』、『盗賊』という種別の方たちでしょうか」

やけに堅苦しい言い方に笑ってしまう。

「相手に訊け」

「わかりました――あのう！　あなた方は盗賊さんですか⁉　僕たちになにか御用でしょうか！　あまり金目のものは持っておりません！」

本当に訊くやつがあるか。

盗賊どもは返事もせずに襲い掛かってきた。それだけで、トーカの街にいたゴロツキどもよりも手練《てだ》れであることがわかる。接近の仕方もだ。だが、

「リア、変身解禁、武器は素手。殺すな」

「はい！」

弟子が前に出る。一歩目を踏み出すと同時に閃煌体《せんこうたい》へ変身した。龍眼《りゅうがん》が青く光り、旅装から帝国軍服を模倣した姿になった。突進する。

「ひゅっ！」

息を吐きながらダガーナイフを突き出したのは前方二名の盗賊ども。だがそのナイフは、ま

るで固い盾に当たったかのようにリアの顔面で止まった。刺さらないし切れもしない。閃煌体《せんこうたい》に一切の物理攻撃は通用しない。ナイフには多少の魔力付与がされているようだが、それも無効化されている。リアがカウンター、

「はっ！」

相手の攻撃を顔で受け止めたのは、防御する必要がないからであり、防御する必要がないのであれば両手はフリーだ。ナイフを受けるのと同時に二人の盗賊のみぞおちに掌底《しょうてい》で突きを入れた。リアも相当に手加減しているが、閃煌体《せんこうたい》による掌打は大槌《おおづち》の威力に等しい。臓腑《ぞうふ》が口から零《こぼ》れ出そうな痛みだろう。前方の盗賊どもは昏倒《こんとう》、次は後ろ。

「ていっ！」

向かってきたのは一人だった。リアがそいつを手刀で難なく気絶させるのと、後方で最後の一人が魔術を起動したのは同時だった。

「水氷棘《アイスピックル》！」

氷の矢だ。基礎的な攻撃魔術。もちろんリアには、

「でやあっ！」

通用するはずがない。ていうか、魔力付与したダガーナイフより弱いだろ、それ。接近戦をビビったな。

リアは目を瞑《つむ》ることなく氷矢を額で弾き、一切の減速なく突進して倒してみせた。最後もやはりみぞおちへの掌底突き。先日教えたばかりなのに、まるで一年も訓練したみたいに構えが

堂《どう》に入《い》っている。

「ふぅー……」

倒した相手から目をそらさない。リアは基本に忠実だ。はじめて会った頃のように飛び跳ねたりもしない。よくできた弟子だな。自分とは大違いだ。

「よくやった、リア。変身解除していいよ」

「はいっ！　ありがとうございます、師匠！」

「瞑想の成果が出てたな。魔力の流れが安定してる。真面目《まじめ》なやつだ。偉いぞ」

「つ〰〰〰〰〰〰！　えへへぇっ！　嬉しいですぅ！」

褒《ほ》めてやるのも師匠の務め。弟子が嬉しそうに笑いながら変身を解除する。魔素《マナ》の粒子が弾けて、軍服から旅装へと戻った。青い目の光も消える。物陰から気配、

「ん」

投げナイフだった。二本ともヴァレンが指で挟んで止める。まだ魔力探知法を教えていないリアが呆気《あっけ》に取られている。物陰に潜んでいた五人目の盗賊の足元にナイフを投げて、

「あのさ、こいつら持って帰ってくれない？」

ヴァレンとリアがその場からどくと、五人目が出てきてナイフを回収した。そそくさと倒れている連中を起こして逃げていく。向かってくるかと思いきや、意外と冷静だ。

「師匠、どうして逃がすのです⁉　憲兵に突き出さなくては！」

「あほ。追うんだよ。アジトまで案内してもらうんだ。ナイフに魔力印をつけてある」

リアの目が満月みたいにまんまるくなったのが、ヴァレンには見えない。

「さすが師匠！」

「手ぇ出せ。ほい、これな。じゃお前が追え。俺の魔力はもうほとんどない」

「承知しました！　不肖《ふしょう》リアーズ、盗賊を追います！」

「うん。もう少し声を小さくしてね」

「はいっ！」

無能の笛吹きと、見習い魔術師が、夜を往《ゆ》く。

☆

「アジトは室内だろうな。狭い場所での戦闘訓練になる」

「狭い場所……となると、旅の途中でやったゴブリン退治の要領ですよね？」

「まあ、そうだな」

答えながら思い出す。

トーカの街から温泉都市アグァーノまでは、およそ一週間の旅路だった。

大昔にはテレポート・ネットワークなる瞬間移動の魔術もあったそうだが、失われて久しい。

途中までは乗合馬車を使ったけれども、ほとんどが徒歩の旅だった。魔術強化馬を買って移動しても良いのだが、諸々の事情でやめた。

徒歩での旅は、魔力がアホほどあるリアーズはともかく、ヴァレンはだいぶキツいだろうと考えていた。だが道中のあらゆる魔力を弟子が肩代わりしてくれるので、想像以上に負担が軽かった。ジーナ師匠の面倒を見なくて済む分、全盛期よりも楽だったくらいだ。

その代わり、道中で稽古《けいこ》をつけた。

馬を買わなかった諸々の事情のひとつだ。

立ち寄った街で冒険者ギルドへ行き、適当な魔物討伐依頼《おそうじクエスト》を受けて、ダンジョンへ潜る。

魔物が増えすぎるとダンジョンから溢《あふ》れて村や街を襲い出すので、頃合いを見て狩っておく必要がある。魔物を倒せば霧になり、魔石を落とす。その数で依頼達成を確認する。ダンジョンの主《ボス》を倒せばしばらくは雑魚《ざこ》も発生しなくなるが、今回はそこまではないらしかった。

見習い魔術師の修業としては、実に都合が良い仕事だ。

霊脈《れいみゃく》が強く走っているダンジョンはそれ自体が魔術というか生き物みたいなもので、非常に崩れにくい。多少、無茶な破壊活動を行っても大丈夫ということだ。

たとえばリアが閃煌体《せんこうたい》で大剣を持てば、一振りで岩をも砕く。そんなもんをぶんぶん振り回されたら、ただの洞窟《どうくつ》ではひとたまりもなく崩落するが、霊脈の強いダンジョンならそういった心配もない。

魔物討伐依頼《おそうじクエスト》の対象はゴブリンだった。これもまた見習い魔術師の相手にちょうど良い。特に、リアにはばっちりだった。的《マト》が小さいから攻撃を当てにくいのだ。ちょこまか動く小鬼と、身長よりもデカい大剣は相性が悪い。

　適度に入り組んだ抗道《こうどう》を行き、罠《わな》は踏まずに一気に奥まで行った。大きな一つの広場というよりは、小さな空間がぽこぽこ繋《つな》がっているエリアだった。そこでいきなりゴブリンの群れに横合いと背後から襲われた。無論ヴァレンはわかっていたが、リアはめちゃくちゃ驚いて狼狽《うろた》えて涙目になっていた。

「ししししし師匠！　閃煌《せんこう》展開！　あぎゃあ！」

　弟子は小鬼どもにぼこすか殴《なぐ》られている。まぁ指示を出す前に変身すると読めた（魔力の流れが見えた）ので放っておいたのだが。

「落ち着け。メンタルを整えろ。マインドセットも修業の内だ」

「はっはっはっいぃぃぃぃ！」

　背中から大剣を抜いて構えるリアーズ。敵の数は三十くらい。

　リアが構えた後ろで、こっそり囲みを抜け出したヴァレンは手ごろな岩に座って様子を見る。こちらに襲い掛かってきたやつらは適当に杖《つえ》で小突いたら倒れたまま動かなくなった。霧に還《かえ》っていないのでまだ息はあるようだがそのうち死ぬだろう。それよりも、

「ていやー！　このぉ！」

　剣術の基礎も知らない少年が、ぶんぶんと大剣を振り回している。それでも相手の知能が低いのでけっこう当たる。得物《えもの》の長さがそのまま有利になっている状況だ。そこで指示を出す。

「リア～？」

「はいっ師匠！」

「武器使うの禁止～」

「はいいぃ⁉」

「教えただろ。素手で戦え」

旅の道中、武術の基礎である徒手空拳《としゅくうけん》の型を見せてやった。いきなり大剣を使わせても効果は薄い。だが、基礎の型をみっちり教えてから実戦をやらせるのも遠回りだ。

リアーズは、怪我をしないのだから。

閃煌体《せんこうたい》になれる以上、稽古でも実戦でもまず負傷しないし死ぬ心配がない。であれば、最低限の基礎だけ叩きこんで本番に放り込んじまった方が、効率が良い。試合稽古の代わりに実戦で覚えさせるわけだ。

型でやったことが実戦ではどう役立つのかがわかるし、実際に戦ってみてはじめて型の意味を理解する。その繰り返し。循環だ。

リアは膨大《ぼうだい》な魔力量によって、ヴァレンが十秒しか保てない閃煌体《せんこうたい》を、現時点で一時間ほど維持できる。六十分の無敵時間である。それを使う。

「わ、わかりましたぁっ！」

弟子はゴブリンにいくら殴られても痛くないことを身体《からだ》で理解したようで、棍棒《こんぼう》やブロードソードで滅多《めった》打《う》ちにされながら、「えーと、確か……」と覚えたばかりの型を始めた。

足は肩幅。脱力して自然体。体は両足の親指ではなく、足裏全体で支える。

ゆらり、と川が流れるように型を始めた。ジェノヴァ流では套路《とうろ》ともいう。ちょうど正面にいたゴブリンが餌食《えじき》になった。たん、と右足が大きく踏み込まれると同時にリアーズの右手が伸びる。力みのない動作は清流の如きで、あまりにも綺麗《きれい》な魔力の流れにヴァレンは見えない目を見張る。速いというより滑らかな掌底《しょうてい》の突きは、

「ふっ！」

ゴブリンの頭を易々と噴き飛ばした。閃煌体《せんこうたい》は鋼鉄よりも頑丈で強固だ。徒手空拳でさえ立派な武器となる。

「わっ……できた！」

掌《てのひら》を突き出した姿勢で嬉しそうに声を上げるリアに、

「止めるな！　続けろ！　循環だ！」

ヴァレンは厳しく声を張り上げる。その脳裏《のうり》にはジーナ師匠の声が蘇《よみがえ》っている。

「は、はいっ！」

再び、ゆらりと身体《からだ》を回すようにリアが動作する。両手で大きく円を描きながら、掌打や肘打ち、手刀を繰り出していく。彼がいま行っているのは『虎以《こい》』という初歩の套路で、一式から五式までを循環《まわ》して連結させる。両手で円を描くように身体を運動させるのは、丹田《たんでん》に魔力を収束するイメージを肉体に覚えさせる意味もある。これだけで魔術の質が格段に上がる。

リアの動きは、言っちゃあなんだが『体操』だった。

だがすぐにその域を超えていく。ゆったりと套路を練《ね》るリアは、横合いや背後から、足やら頭やら全身に攻撃を受け放題だったが、次第に『受け』の動きが成立し始めた。

たった三巡でもう慣れてきたのか、未熟ゆえに正面にのみ向いていた足が、身体が、動きが、

円形に広がる。まさしく循環する。前後左右、死角が消えた。

閃煌体《せんこうたい》という『見えない鎧《よろい》』に全身を守られている彼は、套路を途切れさせることなくゴブリンの棍棒やブロードソードを見えない『籠手《こて》』や『脛当《すねあ》て』や『兜《かぶと》』で受け止める。敵の攻撃に対応しながら套路を行っている。いや、すでに最初の型から離れつつある。基本の循環《ながれ》を速めたり省略したり時には逆回しにすることで、敵を攻撃し、防御し、回避を行っている。

ゴブリンの数がどんどん減っていく。リアはその場で踊っているだけに過ぎないのに。

――凄《すさ》まじいな……！

一度見ただけの套路を覚える記憶力。

それを正確に再現する体術のセンス。

再現した套路を自分の力《もの》として自在に操る応用力。

天賦《てんぶ》の才。

――閃煌体《せんこうたい》を三日で覚えたわけだ。

魔力だけじゃない。体術にも秀でているのをまざまざと視せつけられている。基礎の套路がこの精度でできるなら剣術だって問題はないだろう。身体の使い方は一緒なのだから。

勝てないと悟ったゴブリンどもが逃げ出した。哀れな三匹をリアが追う。その走り方すら、数分前とは異なっている。やみくもに出していた足は滑るように動き、瞬く間に回り込むと、掌打と肘を喰らわせた。

滅んだ魔物は、霧となって、魔石を落とす。

「ふぅー……」

套路を終えた弟子は残心の構えを取りながら、夥《おびただ》しい数の魔石に囲まれてゆっくりと息を吐いた。お見事。

その後は、弟子に変身を解かせて魔石も集めさせてギルドへ持っていかせて依頼《クエスト》完了だ。

ちなみに、魔石の換金は、基本的に冒険者ギルドのみでしかできない。

昔、エビル・トロールの魔石を闇換金しようとして友人にクソ怒られたことがある。祝杯に酔った勢いでうっかりリアに話したら、

「師匠……」

憐《あわ》れみの声だった。

「僕がしっかりしないとダメですねこれは」

なぜかちょっと嬉しそうだった。


——と、いうのが二日前。

ヴァレンとリアは、温泉都市アグァーノに住み付いた『ジェノバの女』が率《ひき》いる盗賊団《とうぞくだん》にお話を伺《うかが》おうと、彼らの根城と思《おぼ》しき寂れた教会にやってきていた。

「カチコミというやつですね！」

「どこでそんな言葉を覚えてきたんだ」

まぁいいや。行くか。

☆　☆　☆　☆　☆　☆　☆

「たのも――――――――――――――――う！」

弟子がいきなり大声を出した。

「民を苦しめる非道な連中！　我が制裁を受けるがいい!!」

うるせえよ。

「いきなり何言ってんだお前」

「はっ、すみません、間違えましたか……？　以前、見たオペラではこんな感じでカチコミしてたんですが……」

「それ本当にオペラだったのかよ」

などと喋《しゃべ》りつつも教会に侵入する。正面から堂々と。

中には十数人ほどの人間がいた。酒宴でも開いてたのか、酷《ひど》い体臭に混じって、アルコールの臭《にお》いがぷんぷんする。ほとんどが座ったままだが、不意の来客に、全員が手に得物を持った。

魔力付与してあるブツはそこそこ。

近くにいたデカいやつが、ずい、と出てきたので、ダメ元で聞いてみる。

「ジェノバの女ってひとに会いたいんだけど、いるかな？」

「死ねや」

　いっそ清々しいほどの問答無用っぷりだった。無拍子でナイフを刺してくる。それも肋骨《ろっこつ》の隙間《すきま》を狙って。やはりある程度、武術の心得はあるらしい。でも、

「罠《わな》も歩哨《ほしょう》も置かないのはどうかと思うよ」

　ナイフを指だけで止めているヴァレンに大男が慄《おのの》く。

「な、て、てめぇ……！」

　デカいのは腕力に任せてナイフを突き入れようとするが、それは逆効果だった。力を入れれば入れるほどその力を返されて、見えない手に抑え込まれているように、巨体が膝を突き、沈み込むように床へ潰れていく。

　その横を通り過ぎて、すでに変身状態のリアがずんずんと歩いていった。目標は、奥で一番偉そうに酒を飲んでいる髪の長い女盗賊だ。ヴァレンに潰されているデカいのより更に身体がデカい。リアが正面に立った。

「あなたがそう？」

　くい、と酒杯を仰いで、女盗賊がリアを見る。座っているのに、目線が同じだ。

「ガキがなんの用だい？」

「『ジェノバの女』を名乗って、人を攫《さら》ったり、強盗に押し入ったりしてるって、本当？」

「はっ、だったらなんだっていうのさ？」

　リアが、深く深く、ため息をついた。その眼が、より強く光る。ん？

「今すぐやめろ。それは、僕だってまだ戴《いただ》いてない称号なんだ。お前たちのような下賤《げせん》な者が使っていいものじゃない」

一瞬の沈黙。

のち、爆笑。

盗賊たちがどっと笑い出し、中心にいるリアの魔力が怒気で膨《ふく》れ上がっていく。

ヴァレンは潰していた巨漢を小突いて寝かし、その様子を視ている。

盗賊たちの笑い声が波のように引いていった。

「……舐《な》めた口をきいてくれるじゃないか。ええ？　ガキどもが」

リアも、侮辱された盗賊も、どっちもキレてる。

「師匠」

「加減しなさいよ」

それが開戦の狼煙になった。女盗賊は酒杯をリアに投げつけると、立ち上がりざまに剣を抜いて斬りかかる。

——抜き打ち。そこそこの練度。

ヴァレンが気配だけで見抜き、リアは振るわれた剣を意に介さずに、女盗賊の腹に掌底を突いた。流れとしては『虎以《こい》』の一式の第一節から第三節。リアの倍はデカいであろう女盗賊が軽々と吹っ飛んでいき、それを為《な》した当人はゆらりと套路《とうろ》の二式へ移る。周りで唖然《あぜん》としている盗賊たちに、

「かかってこい、下賤の者ども」

怒号が弾けた。

手下どもが手に手に武器を持ってリアに襲い掛かっていく。リアはその中心でやはり踊るように套路《かた》を練《ね》り、一人、また一人と倒していく。

ヴァレンのところには来なかった。その前に全員リアが倒してしまった。そこら中で気絶している盗賊どもを気配で察して跨《また》いでいって、弟子の頭を撫《な》でてやる。

「よくやった」

「はいっ！」

「さて、と」

気絶してた女盗賊のもとまで行き、杖《つえ》で活《かつ》を入れて目覚めさせた。やつは苦しそうに腹を抱えて嘔吐《おうと》しながらも、ヴァレンとリアを睨《にら》み上げる。おお、根性があるねぇ。

「て、てめぇら！　アタシらが『魔大陸』の魔族だって知ってんのか！」

リアの眉《まゆ》がぴくりと動いたような魔力の揺らめきがあった。

「魔大陸……だって？」

「おうよ！　ウェルイ島はアルジェント領の魔王伝説！　てめぇらも知ってんだろ⁉　アタシらはその子孫だ！　舐めてっとぶち殺すぞ！」

アルジェントの『魔王』。

久しぶりに聞く単語だ。

帝国の北西に位置するウェルイ島・アルジェント領は、その昔、『魔王』を自称する当時の国王が、領土を拡大する帝国に反発した地域だ。しかし戦争に敗れ、ウェルイ島及びアルジェント王国は帝国の一部となった。王族の血は根絶やしにされたはずである。

「生きてたんだよ、王女が一人なぁ！　アルジェントの魔王の血は絶えず、アタシらに受け継がれ――ぐえっ！」

無言で。

リアが盗賊の首を絞《し》め上げた。まるで殺そうとしているかのように。

「リア？　やめろ、なにやってる」

「あ……はい、すみません師匠」

言われて初めて『自分が相手を殺そうとしている』と気づいたかのように、リアは我に返って盗賊の首を離した。どさり、と盗賊の身体《からだ》が床に倒れる。失神しているようだが息はある。

――こいつ、どうして急に……？

隣にいる弟子の魔力を視るが、その流れは非常に滑らかだ。普段と何も変わらない、凪《なぎ》のような自然さである。だがそれは、必死に自身の感情を抑えているともとれる。

瞑想《めいそう》の成果と弊害《へいがい》が出ていた。弟子がいま何を思っているのか、ヴァレンには計り知れなくなっていた。

リアの表情は窺《うかが》い知れない。ヴァレンにはその顔が見えない。

ヴァレンは、弟子が『ひとを殺さない』と、無意識に確信していた。そういういう側の人間であると、たった三週間足らずの生活で感じていた。

わかった気になっていた。

そしてようやく気付く。リアーズ・レジェンダについて、自分はほとんど何も知らないと。

何も聞いていなかったと。

そのリアが躊躇《ためら》うように、口を開く気配がした。

「師匠。あの……言いにくい、ことなのですが」

「う、うん。どうした？」

戸惑い、息を吸い、そして吐いた。言葉を慎重に紡《つむ》ぐ。

「このひと…………男性です」

…………。

………………。

「………………………は？」

慌てる気配、

「その！　気絶したときにカツラが取れて！　このカツラ、魔術武具だったみたいで！　女装魔術がかかってまして！」

「え？　は？」

「さっきまで胸もお尻も腕も足もめちゃくちゃデカい大女だったんですけど！　いまは巨漢の男性になっています！　これ数百年前の禁術ですよ！　もうびっくりです！　どうしましょ

う！　僕はどうすればいいんでしょう⁉」

……………。

めちゃくちゃどうでもいいな。

「めちゃくちゃどうでもいいけど、なんでそんなに驚いてるっていうか……しどろもどろなんだ？　リアくんは」

「えっ、いやっ、そのっ……！　め、珍しくて！　はいこれカツラです！」

マジで弟子のことがわからない。なんでそんな恥ずかしそうなの？

「………カツラか」

手渡された物体は、長い人毛が外側についた帽子のような形状をしていた。魔力の残滓《ざんし》から、確かに変装系の魔術が込められていたとわかる。うん。どうでもいい。まるで興味がない。

そのあと。

色々あって、憲兵に突き出した。

色々あって、夜が明けた。

色々あって、帰り道。

ヴァレンはリアの右肩に手を置いて誘導してもらいながら、明るくなった街路を宿に向かってとぼとぼと歩いている。

「なんかどっと疲れたな……。結局『ジェノバの女』じゃなくて『ジェノバの男』だったっていうくだらないオチだったし……。どうだっていいよ、男か女かなんて……」

「そうですよね！　どうだっていいですよね！　男か女かなんて！」

やけに食いつきがよくなる弟子。マジでわからないなとヴァレンは思う。

ただ、リアが何かに反応し、そして成長著《いちじる》しいことはわかる。


そして――リアもまた、師匠が何かに勘づいたという感触を得ていた。

彼の左腕に、自身の右肩を触れられながら、いつかバレる時が来るのだろうかと思う。その師匠が、

「にしても女装趣味か……。あれはあれで楽しいんだろうな。別の自分になれるっていうか」

「えっ、師匠にもそういう趣味が⁉　お手伝いしましょうか⁉」

「俺にはないけど、お前は顔が整ってるってよく言われるし、女装したら似合いそうだよな。あははははっ！」

「僕は、女装はしませんよ、あはははっ！」

「そうだよな～」

「そうですよ～」

笑い合う二人がその胸中で、

――この鈍感童貞ダメ師匠がよ……！

――この殺気……！　やるな、リア！

などと思っていることは知らない。お互いに。

「ジーナ師匠《ししょう》っぽいひとを見たって話があったそうだ」

「今度は本当ですかね！」

「そうじゃないと困る」

盗賊団《とうぞくだん》を壊滅させたヴァレンとリアは、その謝礼《しゃれい》と一緒に、ジーナの目撃情報も得ていた。

なにせあの容姿だ。

目立つこと、この上ない。

前回のような『ジェノバの女』などという噂《うわさ》ではなく、直接その姿を見たという人物がいるのだから、信憑性《しんぴょうせい》は高い。高いと信じたい。

「今度は本当だよね……？　もう違ったりしないよね……？　今度こそ師匠だよね……？」

「師匠、相変わらずよわよわメンタルですね」

可愛《かわい》い、とリアがこっそり思ったのをヴァレンは知らない。

「では参りましょうか。次の街へ」

「うん」

ヴァレンとリアは、温泉の街を後にした。

次なる目的地は、〝竜〟が封印されたという伝説の残る街――ドラゴニアである。

☆

今回は強化馬車を借りた。一日中移動してくれる優れものだ。そのうえ御者付き。

次の目的地までは街道沿いにあるいくつかの宿場町に寄る予定であり、馬に限界が来たらその都度《つど》、替えていく。街道沿いの商会ギルドが提携している帝国だから、こういうのも可能なのだった。

カネはかかったが、こういう時こそ使うべきだと、渋るリアを説得した。

説得材料は――。

「なるほど。始祖の神龍バハムート様の御身が龍子《りゅうし》となって星に散らばり、巡り、大気と混ざり、魔素《マナ》となった……。僕らが使っている魔術や魔石は、その恩恵なんだ……」

リアがふむふむと頷《うなず》きながら、分厚い、年季が入った、本をめくる。片手にはメモに使う小さな紙きれの束とペンを持っているらしく、ときたま書き込む音が聞こえる。

魔導書だ。

リアーズは、ジーナ師匠から『身体強化』と『閃煌体《せんこうたい》』の魔術しか教わっていないらしい。

魔術の基礎をすっ飛ばしている。

ジーナ師匠もなぜそんな教え方をしたのかわからない。ヴァレンが彼女についていたころは、きっちり基礎から教えてくれたのに、どうしてリアーズは違うのか。

まぁいい。

もともと『気まぐれ』がヒトの形を取ったような女性《ひと》だ。考えるだけ無駄だろう。

ジーナ師匠が教えられなかったものは、自分が教えればよいのだ。

師匠から授かった基礎魔術の教科書をリアに渡して「読み込め」と命じた。リアは読書には慣れているらしく、ぺらりぺらりと読み進めていく。優秀な弟子だと思う。自分が渡されたときは、三ページめくるのに一週間かかって師匠を困らせたものだ。

それにしても。

「リア、酔わないか?」

いくらバネが良い高級馬車で、整備された街道をゆっくり進んでいるとはいえ、揺れるものは揺れる。こんな状況で本など読んだら一発で馬車酔いすると思うのだが。

リアの顔を上げた気配、

「酔いませんけど……?」

「三半規管《さんはんきかん》も強いのか」

「なるほど……そうかもしれません!」

弟子が嬉しそうに、

「馬車でこんなに移動したのははじめてで、わた、僕も初めて知りました! 楽しいです!」

「長距離の馬車、乗ったことないのか？」

「あ、一度だけありました！　そのときは……」思い出すような声で「車輪の代わりに浮き魔石がついてましたから、ぜんぜん揺れませんでしたね」

「浮遊魔石の馬車かよ……」

　浮遊魔術というのがある。読んで字のごとく飛べる魔術だ。風を使ったり、自分の重さを化《ば》かしたり、引力を操作するような高等技術を使ったりと方法は様々だが、とにかくある程度の腕を持った魔術師は空を自由に飛ぶ。

　そういう魔術があるのだから、そういう魔術を封じた魔石もあるし、それを馬車にとりつけて地面から浮かせて馬に引かせたりもする。御者が魔術を使えなくても、魔力だけで浮く。使用者が魔術の原理を知らなくても使えるのが——誰でも魔術の恩恵に与《あずか》れるのが、魔石の良いところだ。ヴァレンのような極小魔力の無能（この呼び方も差別なのだが）は除くが。

　閑話休題《かんわきゅうだい》。

　客車が浮くことで、乗客は地面からのノックバックを受けずに快適だし、馬だって重みがゼロになるから『足』が長持ちする。

　ただ、この浮遊魔石がめちゃくちゃ高い。それ一台で、小さな家ならぽこぽこ建つ。

　そんな馬車を使えるのは——

「上流貴族サマじゃねぇか……」

　呆《あき》れて口にしたヴァレンに、リアはなぜか焦った様子で、

「えっ、あっ、僕は違いますよ⁉　たまたま、たまたまだと思います！　それに小さい頃だったんでよく覚えていません！　き、記憶違いかな～？」

「だろうよ。おおかた、ご両親にそう言われて信じたんじゃねぇの？」

「そうかもですね～」

「リアが素直なのはちっちゃい頃からだったんだなー」

「あはははー」

蹄《ひづめ》と車輪の音が響く。

「そうだ師匠、見てください！　――燃えよ、我が魔力。集《つど》い、高まり、炎となれ。ふぁいあー……おわああ！」

「なにやってんだバカ！」

魔術が起動しかけたところで慌ててリアの両手を押さえて止めた。

見なくてもわかる。コイツのアホほどデカい魔力で魔術を使えば、角灯《ランタン》や焜炉《コンロ》に火を灯すだけの基礎的なそれでもアホみたいな火力になる。ろうそくの火を灯す魔術でも、加減なしに起動すれば直径一メートルの火球が出るに決まってる。

「幌《ほろ》を燃やす気か！　馬車ごと全焼するぞ！」

「ひぃっ、ごめんなさい～！」

「ふぅ……」

ため息を吐く。

「自分の魔力の大きさを考えろ。今度から魔術を試すときは、必ず俺に許可を取るんだ。いいな？」

「は、はい～！」

ありあまる才能も大変だな、と思うと同時に、

――そういえば、俺も同じことして師匠に叱《しか》られたなぁ。

と幼少時の出来事を思い出した。

今となっては、遠い思い出だ。

☆

ヴァレン師匠との旅は順調だった。

二つ目の宿場町では、冒険者として何度目かの依頼を受けた。例によって、ダンジョンからモンスターが溢れてきているので数を減らしてほしいとのことだった。

赤い毛並みの狼型モンスター・ブラッディウルフや、ゴブリンの上位種であるホブゴブリンやシャーマンゴブリンを、自分《リア》は徒手空拳《としゅくうけん》で相手取る。まだ大剣の使用は許可されていない。

連結大剣ジェノヴァは、適当な岩に腰かけて自分を見る、師の隣に置かれている。

基本の套路《とうろ》である『虎以《こい》』にはジェノヴァ流のすべてが詰まっている――とヴァレンは言う。

技を循環させながら、リアは師に教わったことを思い出している。横の動きよりも縦の動きを

意識する。簡単な話だ。一歩、前へ足を出す。そのときに起こる重心移動。荷重《かじゅう》と抜重《ばつじゅう》。地面を蹴《け》る力と踏む力。

虎が大地を蹴るように。

リアは後ろ足で地面を蹴って進む。『速く動こう』という考えは捨てる。むしろ力みが入って邪魔になる。飛び込んできたブラッディウルフの顔面へ置くように掌打《しょうだ》を叩きこむ。命中《インパクト》の瞬間に後ろ足を更に蹴れば、自分の筋力と体重が大地から跳ね返り数倍の威力になって戻ってくる。それを足から腰、腰から背中、背中から肩、肩から肘、肘から手首へと通じさせる。

流れる力は粘り気を持った液体のように感じられ、喩《たと》えるなら『水銀』だとリアは思う。自身から生まれた『力』が、踏み込んだ大地から戻ってくるのを邪魔しないよう筋肉を柔らかく使い、掌《てのひら》の底へと丁寧《ていねい》に通す。その『力』は目の前に迫る血濡れ狼の下顎《したあご》にぶち当たり、モンスターはひとたまりもなく弾け飛んだ。

魔力ではない。

トーカの街で、トロールを倒したときの、魔力全開で放ったやみくもな掌打とは違う。自分はいま、閃煌体《せんこうたい》である以外、ほとんど魔力を使っていない。

体重と筋肉だけで使う、純粋な『力』。

ジェノヴァ流ではこの一連の力の流れを、勁《けい》と呼ぶ。

体の使い方ひとつでこうも変わるものかと、たった数週間前まで病床で寝たきりの生活を続けていた自分は他愛《たわい》もなく感動した。

右から来たホブゴブリンが棍棒《こんぼう》を振ってくる。縦斬りだ。身を沈めているリアの頭は相手の胸にも届かない。人間を優に握り潰す膂力《りょりょく》を持った二メートルを超える巨体が、身長一五〇センチ足らずの自分に襲い掛かる。

だが虎以を習い、龍眼《りゅうがん》に慣れた今なら相手の軸心がブレていると魔素《マナ》の動きでよくわかる。閃煌体《せんこうたい》に変身している今、当たったところでダメージもない棍棒だが、套路の流れに沿って躱《かわ》しながらの当て身を喰らわせようと試みる。身を翻《ひるがえ》しつつ接近すると自然と密着状態になった。息を吸う。

体の中の『水銀』の流れを――勁道《けいどう》をせき止めないよう意識する。自分でも驚くほど強く両足が踏み込まれ、地面から反発して『力』が戻ってきた。膝から腰、腰から背中に昇ってきたそれをそのままぶち当てる。はた目から見れば、ホブゴブリンの左足に少年が背中を押し付けているだけに過ぎないその行為は、相手の左足から下半身にかけての骨を粉々に砕きながら吹き飛ばす恐るべき体当《たいあ》てとなった。モンスターは、まるで巨大な魔猪《まちょ》に撥《は》ねられたかのようにダンジョンの壁に激突し、そのまま霧に還《かえ》っていく。リアの踏み込んだ地面が割れている。息を吐く。

「ふぅ――……」

吐息をつきながらも套路は続ける。循環は止めない。一式から五式までと定められてはいるが、繰り返すうちに、別にこの順番じゃなくてもいいな、と自然と思ってその通りにした。ヴァレンからも、それでいい、と教わっている。

一式から飛ばして四式、四式から戻して二式、三式、ここは五式から一式へ繋《つな》げる。

言っちゃあなんだが『舞踏《ダンス》』だと、最初は思った。

しかし基本の型から外れ、自在に套路を練《ね》り、勁を体で理解したことで、このダンスが恐るべき可能性を秘めていると予感した。きっと、この道の先に、ヴァレンティーノはいるのだ。

トーカの街でエビル・トロールの超硬棍棒をただの樫《かし》の杖《つえ》で斬った技術は、このダンスを続けた遥《はる》か未来の姿に違いないのだ。

最後の敵であるシャーマンゴブリンを掌打で倒したその先で、岩に座るヴァレンが目を瞑《つむ》ってこちらを見ていた。師には今、自分がどのように視えているのだろう。

——私は、少しでも早く、あなたに追いつきたいのです。

ヴァレンは、うん、と頷《うなず》いて、

「いいね」

その一言が、死ぬほど嬉しい。

「よく套路が練られてる。凄《すご》いなお前」

「えへへへ！　ありがとうございます、師匠！」

ヴァレンに会うまで出したこともない嬉しそうな声が勝手に喉《のど》から出る。彼の言葉は魔法かと思う。

「じゃ、モンスターも倒したことだし」

師匠が立ち上がる。

「閃煌《せんこう》魔術、やってみるか」

「〰〰〰〰〰っ！　はいっ！」

胸が躍る。心から嬉しいと思う。

あの光に、早く。一刻も早く、近づきたい。

前借りしているこの命を、使い切る前に。

☆

魔術というのは基本的に、魔素《マナ》に満ちた環境下で、精霊や妖精といった『肉の身体を持たない彼ら』から力を借りて起こす奇跡のことだ。代償に、魔術師は魔力を捧げる。

リアに与えた魔導書にはそう書かれているし、彼もそう覚えただろう。

「けど閃煌《せんこう》魔術は違う」

岩に座ったままヴァレンは講義する。目の前には正座した弟子。変身を解いた通常状態で、うんうんと頷いている気配。

「閃煌魔術は、自身の魔力《アレ》――地方によっては『オド』とも言うが――それをそのまま使う」

弟子が挙手。

「そのまま使えるものなのですか？」

「普通は無理」

きっぱり。

「魔力そのものを扱うのは人間には高度過ぎるし、そもそも絶対量が足りていない」

一人でオーケストラの演奏を行うようなものだ。手も口も足りない。

「けど俺たちはできる。実際、閃煌体《せんこうたい》に変身できてるしな」

「そのからくりは、やはり――」

リアが自身の瞳をヴァレンに向けた。

「そう、アッシュウィーザの龍眼だ」

龍眼の効果は様々ある。まず目が良く見えるようになる。視力は上がるし、視野も広くなるし、魔素《マナ》の動きも目で追えるようになるし、極めれば敵の攻撃が『線』のように視える。

次に、魔力操作や魔術の精度も上がる。

その上、一時的に魔力量が増加する。数十倍から数百倍にまで跳ね上がる。

「閃煌体《せんこうたい》は変身時に莫大《ばくだい》な魔力量が必要になる。維持するのにもな。だから龍眼が必須《ひっす》になるわけだ」

「ですが、その代わりに――」

「使い過ぎれば俺みたいに視力と魔力の両方を失う。けどまぁ、インターバルをおけば、余程のことでもない限り心配はないよ。お前は大丈夫だ」

その心配はあまりしていない、とリアは思った。

「俺の目に残ってるのは、龍眼の抜け殻《がら》みたいなもんだ。だから十秒しか戦えない」

「それでも、師匠はお強いです」

「全盛期に比べりゃ月とスッポンだ。と、話がズレたな」

ヴァレンは思い出すように、

「龍眼があれば閃煌《せんこう》魔術も使える。龍眼を使ってみろ」

リアは元気よく「はい！」と答え、

「アッシュウィーザの龍眼、起動！」

瞳に青い銀河を浮かばせた。

「何が視える？」

「周囲の魔素《マナ》が浮かんで視えます。それと……師匠の目とお腹に、小さな塊《かたまり》が視えます」

「よくわかったな」

小さく頷く。

「目にあるのは龍眼の残りカスの魔力、腹に視えるのは俺が意図的に集めてる魔力だ。その塊をお前も作れるはずだ。具体的には、こう、両手でボールを掴《つか》むようにして、魔力の流れを集める。魔力の流れは瞑想《めいそう》で感じてるはずだ」

ヴァレンの両手の中に、オレンジの種くらいの大きさの青い光の塊が出現した。今はこれが精いっぱいだ。全盛期は種ではなく、オレンジそのものくらい大きかった。

「やってみろ」

「はいっ！」

元気よく返事をする弟子。まぁいきなりはできまい。いくらリアが天才だといっても――

「できました！」

できんのかよ。

「しかもメロンくらいデケェじゃねぇかよ。お前の顔よりデカいぞそれ」

「なっ、せっ、セクハラですかっ⁉」

「え、なにが」

「あ、いえ、なんでもありません！」

見つめ合う二人は、

――相変わらずよくわからんところで取り乱すなコイツは……。

――おっぱいが顔より大きいってよく侍女《じじょ》のみんなにからかわれたの思い出しちゃった……。

お互いにそんなことを考えているとは知らない。

「えーと、じゃあ次な。いったんその魔力は仕舞ってください」

「はい」

リアのメロンが仕舞われた。

「魔術で石剣を作ってくれ。お前の使いやすい長さでな。詠唱《えいしょう》は覚えてるか？」

「石の剣……ですか。わかりました！　覚えています！」

地面に手を当てるリア。ここのダンジョンの地面は固い石のような物質でできている。ヴァレンが座っている岩みたいに。

リアがぶつぶつと詠唱を呟《つぶや》いて、土と石の精霊に呼びかけ、取引する。魔力を差し出し、希望のものを手に入れた。これが魔術だ。

地面から手を引いていくリアに釣られて、石が盛り上がっていく。それは棒、いや剣の形をとる。

出来上がったのは、二対のショートソードだった。

——へぇ。

ヴァレンはその様子を感じ取り、心中で感嘆《かんたん》した。

使いやすい長さで、とヴァレンは命じた。それは『手の延長』として使えるとリアが無意識に感じている得物《えもの》の長さだ。

ジェノヴァ流の『虎以』は徒手空拳《としゅくうけん》だけの套路では決してない。あれは剣を想定している。よって、『手の延長』として使えると無意識に感じている得物が長ければ長いほど、套路の練度も知れるのだ。

リアに命じた結果、出来上がったのが二対のショートソード。リアにとっての現時点での『扱いやすい剣』ということであり、そこまで意識が伸びていた——套路の練度が上がっていたという意味である。

リアの才能を勘定《かんじょう》に入れて、あえて言わなくても二対の剣になるだろうとは思っていた。

だが、長さはせいぜいナイフ程度だとも思っていた。

——すでにそれくらいまで意識が伸びていたのか。

「…………？」

不思議そうに自分の石剣を眺めたり振ったりしているリアに、ヴァレンは目をつぶったまま笑って、

「自分の手が長くなった……気がするか？」

「ど、どうしてわかるんですか⁉」

「はっはっは、師匠だからな」

自分も同じ経験をしたのだ。そりゃわかる。

「その感覚は正解だよ。じゃ、次だ」

「はいっ！」

「さっき魔力の塊を出したろ？　その要領で、石剣に自分の魔力を添わせていけ。ピザの生地を広げていく感じだ」

「はいっ！　師匠が好きなピザはゴルゴンゾーラです！　ジェノヴァ流なのに！」

「はちみつたっぷりかけろな。いやジェノヴェーゼも好きだ。バジルは神の食材だと思う。パスタとの相性も良い」

「今度お作りします！」

「ああ楽しみだ。いやそうじゃねぇ」

「はいっ！　リアーズ、ピザの生地を伸ばします！　魔力のように！」

逆だが、まぁいいか。

「むむむむ……」

唸《うな》るリアの全身に纏《まと》われていた青い魔力光が、じわじわと石剣へと広がってい……かない。

「むむむむむむ……！」

眉間《みけん》にしわが寄るリア。その顔はヴァレンには見えないが、弟子が苦労しているのはわかる。

――今度こそ、さすがにいきなりは難しいよな。逆に安心したぜ。

ヴァレンがコレをできるようになったのは、ジーナの元で修業を始めて一年が過ぎた頃である。閃煌《せんこう》魔術の修業初日でクリアされたら立つ瀬がない。

いや待て。

あいつがすでに覚えている閃煌体《せんこうたい》――自分が習得したのは二年目ではなかったか。

そんな疑念を胸の内に感じながら、ヴァレンは師として助言を出す。

逆の意味での、助言だ。

「リア、俺の言う通りにしなくてもいい、いい、いい」

「むむむ……え、はい？」

「ピザのイメージは忘れろ。お前のやりやすいようイメージでいい。套路で『力の流れ』を感じただろ？　それと同じだ」

「わかりました！　さすが師匠です。的確なご教示にリアは感服しています！　正直に白状しますと、師匠に食べさせるジェノヴェーゼのことで頭がいっぱいでした……！」

「何考えてんだよ、お前はよ」

魔力操作のイメージは人それぞれだ。

リアにはピザと言ったが、ヴァレンも実際には、熱した鉄のようなイメージを持っている。

――ジーナ師匠は『水銀』って言ってたっけ。

そんなことを思い出しながら、瞼《まぶた》を閉じて弟子の修業を眺めていると、

「では――こうかな……？」

川が流れるように――否《いな》、粘性を持った液体が伸びるように、リアの魔力が石剣に纏わりついていった。

「わ、やっぱり！」

リアの満面の笑みと、

「套路と同じで『水銀』をイメージしたらできました！　師匠のご助言のおかげです！」

ヴァレンの呆然《ぼうぜん》とした顔。

――こいつ。

「勁道《けいどう》と魔力操作は同じなんですね！　凄《すご》いです、知らなかったぁ！　あの套路は、武術だけじゃなくて、魔術にも通じるんですね！」

きゃっきゃとはしゃぐ弟子。

背中に、冷たい汗が、つーと流れていく。

知らず、口の端が片方だけ釣り合がる。

喉《のど》が痺《しび》れる。唇が勝手に言葉を紡《つむ》ぐ。

「石剣を割れ。光剣を維持しろ」

「はいっ！」

ヴァレンが、石剣という具体的にイメージしやすいものがなくても光剣を維持できるまで、三か月がかかった。

できるはずがないという期待と、もしできてしまったらという不安。

素人《しろうと》に追い越される、恐怖。

「そんなこともできないなんてまだまだだな」などと、弟子をあざ笑うために課した、子供じみた侮蔑と自慢をするためだけの試験。

だが今、リアの手には、

「できましたっ！」

ばらばらに砕け散った石剣の代わりに、光の剣《つるぎ》が輝いている。

「…………ああ」

「これ——師匠がエビル・トロールを斬ったときの剣ですかっ⁉　僕もできるようになったんですね！　やったー‼」

自分の才能なんか、とっくに追い越している。

これは、ジーナ師匠にすら匹敵する可能性だ。

身震いが、止まらなかった。

どこぞのガキに愛する師匠の大剣を奪われ、そのクソガキに技を教え、技も魔力も衰えた自分を追い越していくのをまざまざと見せられる。

その悔《くや》しさ、口惜しさ。

「化物め……」

そしてそれ以上の——嬉しさ。

——こいつは、間違いなく強くなる！

知らず、口の端が両方とも釣り上がる。

ヴァレンの満面の笑み。

これほどの才能を、自分が育てられるという歓喜《よろこび》。

それは、伸ばした生地に、特大のプレーンピザに、好きな具材を載せていく楽しさに似た、師としての喜びだった。

眩《まぶ》しい才能を秘めた弟子が、光り輝く双剣を持ち、はしゃぐように套路を踊っている。

ヴァレンは思う。

深く思う。

あと五年もあれば、こいつは自分を追い越すだろう、と。

☆　☆　☆　☆　☆　☆　☆

旅は続く。

修業も続く。

三つ目の宿場町では、ワイバーンの群れを討伐《とうばつ》する依頼があった。街道にたびたび現れては、行商や旅人を襲うのだという。

「師匠！　この依頼、お受けしましょう！　困っているひとたちを見過ごせません！」

「んなこと言ってたらこのクエストボードの依頼をぜんぶ受けなきゃいけなくなるだろうが。まあ受けるけど」

「さすが師匠！」

「俺らが困るんだよ今回は。この先の街道に出るんだから、倒さないと進めねぇだろうが」

「それもそうですね！　でも、リアにはわかっていますよ師匠。本当はそんな理由がなくたって、師匠は人助けの精神に溢《あふ》れていると……」

「なに勝手に妄想してんだ。そんな高尚な精神、持ち合わせちゃいねぇよ」

ふと——旧友の言葉が耳に蘇《よみがえ》る。


なあ、ヴァレン。

なあ、ヴァレンティーノ。

俺たちは神さまじゃない。

全員を救うことなんてできないんだ。

だから、そう気に病むなよ。

——うるせぇな。

ちっ、と舌打ちして、弟子の額のあたりに指をさす。

「いいかよく聞けバカ弟子。俺たちは冒険者だ。軍人でもなければ聖職者でもない。依頼をこなすことだけを考えろ。わかったか！」

「バカ弟子なんてはじめて言われました！　了解です！」

びしっ、と敬礼するリア。ヴァレンは見えてないはずなのだが、風と魔素《マナ》と地面のかすかな揺れ方——気配でなんとなくわかる。

「じゃ、受けてこい」

「わかりました！」

ちっちゃい弟子がギルドの受付まで、たったかーと走っていった。

そして、

「はぁ⁉　目の見えねぇガキと介助のガキの二人⁉　正気かよ！」

「なんでこんなのと仕事しなきゃならねーんだ。相手はワイバーンだぞ？　ギルドもなに考えてやがる」

「てめえら、どうやって依頼を受けられたかは知らねぇが、邪魔だけはするなよ」

「口が悪くてすまんね。敵を見つけたら逃げてていいからね。報酬《ほうしゅう》の山分けはできないけど」

「グオオオオオオオオオオオオオオオオオオオオオオオオン！」

他のパーティと一緒に宿場町から二日ほど進んだところで飛竜の群れが襲撃してきた。こちらの手勢はヴァレンとリアの師弟。それに加えて、宿場町の冒険者ギルドで一緒に依頼を受けた四人組のパーティだ。彼らの冒険者ランクは全員がB級で、足手まといにはならなそうだった。ていうか、そこまで邪険にしなくてもよくない？　とヴァレンはこっそり傷付いている。

「師匠！　心無い言葉にヘコむのもわかりますが、いまは戦わなくては！」

「…………ウン、ソウダネ」

ワイバーンが「グオオオオオオオオオオオオオオオオオオン！」と叫びながら向かってくるのを、パーティ全員が荷車を放置して街道沿いの草原へ散り散りに逃げる。

ところで、荷台には爆発魔石を大量に積んでいる。

荷車は囮《おとり》なのだった。

B級パーティの一人が、火炎魔術を放って荷台ごとワイバーンを吹っ飛ばした。まずは一匹。

残るは…………たくさん。

たくさんいるっぽいなぁ、とヴァレンは思う。

「リア、何匹くらいいる？　五じゃきかないと思うんだけど……」

「そうですね。十匹くらいでしょうか。ギルドの話ですと三匹でしたから、これは予想の三倍以上の敵戦力と当たったことになります。端的に言って、大ピンチかと！」

弟子が元気いっぱいに報告してくれる。

ちなみにワイバーンというのは飛竜種に分類されるモンスターで、前脚が翼に進化した、鳥がデカくて狂暴になったやつである。翼とは別に前脚があって知能が高いやつを〝竜〟と呼ぶが、そいつらは滅多《めった》に出てこない。出てきたら大抵、一つの領地《くに》が滅ぶ。

さらにちなみに『大ピンチ』なのは、ヴァレンたちではなくB級パーティである。

足を引っ張るな、敵が見えたら隠れていろ、と心優しい指示をくれたみなさんは空から大量のワイバーンに襲われて大変そうである。まぁ自分たちを囮にして逃げないだけマシかなとヴァレンは思う。

「ヤバい！　逃げろ、お前ら！」

「ここは俺たちが防ぐ！　早く行け！」

「小僧！　目の見えねぇ兄ちゃんの手を離すなよ！」

「走れ！　とにかく走れ！　ギルドへ戻ってワイバーンが増えたって伝えてくれ！」

やっぱり本当はいいひとそうだった。いちおう言われた通りに荷車から離れていたヴァレンは、自分の手を取るリアの息を呑《の》む声を聞く。

「どうしますか、師匠！」

「リアは変身して彼らの守りに入れ」

「師匠は⁉」

「俺はワイバーンを撃ち落とす」

言って、懐《ふところ》から横笛を取り出した。

か、かっこい〰〰〰〰〰〰〰〰〰〰〰とリアがキラキラした目で自分を見上げてるのは知らない。知る必要もない。

「龍眼起動、閃煌《せんこう》展開」

師弟の声が重なり、二人の姿が粒子きらめく戦闘態勢へと移行した。

——残り、十秒。

龍眼が使えるのは十秒限りだ。それ以上は魔力がもたない。一秒も無駄にはできない。

——英雄の踊り《ポロネーズ》。

横笛に口を付けて、演奏を開始。

最初の音が出ると同時に、リアが風のように駆けていく。その足取りに以前のような荒々しさはない。寝る魔も惜しんで套路《とうろ》を練った成果が出ている。一歩一歩踏み出す足から勁《けい》を得て自身の加速へと変えていくのが視える。

二つ目の音が出る頃にはもう、ヴァレンの周囲にきらめいていた粒子が鳥の形をとってワイバーンの群れに飛翔していった。五十を超える光鳥が、飛竜どもに襲い掛かる。

パーティの後衛魔術師をその大きな爪で切り裂こうとしていたワイバーンの横っ腹に、鳥から再び姿を変えた光の槍が次々と刺さっては貫いていく。その隣ではリアが光剣で別のワイバーンの首を正確に刎《は》ねていった。まずは二匹。

その少し上にいた飛竜が火球を吐く——前にヴァレンの光鳥が貫いた。中途半端に生み出された火球が空中で弾けてワイバーンを呑み込む光景は花火のようだったろう。三匹目。

「な、なんだ……？」

「魔術……なのか……？」

「あんな魔術見たことねぇ！」

地上に降りてきたワイバーンはほとんどがリアが狩っていく。火球の直撃を受けようが、巨大な爪や嘴《くちばし》や尻尾《しっぽ》の攻撃を受けようが、閃煌体《せんこうたい》に傷はつかない。無視して突っ込んでいくが、それも闇雲ではない。一式から循環して五式まで套路を練る。『虎以』は対人だけではなく対魔物にも作用する。両手に輝くショートソードを携《たずさ》えた若き戦士が、自身の数倍はあろうかという飛竜を踊るように斬り倒していく。

火球は目くらましにもならない。爪は脚ごと斬る。嘴も頭ごと割る。尻尾を振られれば正面から斬って捨て、そのまま跳躍して敵の首を刈って着地する。その剣は間違いなくリアの手の一部だった。ただの踏み込みや切り払いにも勁が通っているため威力は絶大だ。光剣の切れ味はお世辞《せじ》にも良いとは言えないが、套路をよく練った者が使えばここまで恐ろしい武器となる。

たった数週間で随分《ずいぶん》と化けたものだ。

ワイバーンは地上での戦いが不利と見たか、自身の領域である空へと飛び立つ。リアは跳躍して追うが、届いたのは一匹だけで、他はぐるぐると頭上を旋回し始めた。敵もやられっぱなしで逃げるつもりはないらしい。

と、ここでヴァレンが変身を解いた。時間切れだ。予備として二秒だけ残しているが、

「思ったより減らせなかったな」

ヴァレンとリアで連携して八匹を倒し、残りは二匹。閃煌体《せんこうたい》から旅装へと戻り、顔を上げる

ヴァレンに火球が降ってくる。

「師匠！」

「あぶねぇ！」

遠くにいる弟子とパーティ前衛の声がする。しかしヴァレンは焦ることなく杖《つえ》を持って、とん、と火球を突いた。水風船に針を刺したかのように火の玉が割れる。割れた炎は爆発することなく一瞬で魔素《マナ》へと還る。メイドさんに殺人箒《ぼうき》を振り下ろされたときにもやった化勁《かけい》の一種だ。魔素《マナ》の流れを読めばこんな芸当もできる。でもちょっと熱い。

「す、すげぇ……！」

「火球を消しやがった……」

「おい、俺たちもやられっぱなしじゃ立つ瀬がねぇぞ！」

「そうです。このままでは報酬の分け前はなしですよ！」

うおおお、と声を張り上げて攻撃魔術だの弓だの石だの投げている冒険者たちを置いて、弟子が走ってきた。

「ご無事ですか師匠！　というか、なんですか今の⁉」

「いや、お前も見てただろ。アンネさんが箒で殴《なぐ》ってきたときのアレ。魔力を殺《ばか》すんだよ」

「僕にはただ箒を受け止めたようにしか見えてませんでした！」

それもそうか。

「どうやるんですか⁉」

すでに弟子の目にワイバーンは写っていないと思われる。まぁ自分もそうだが。

「教えてやりたいところだが、その前に覚えるべきことがある。何事も順番が大事だ」

「はいっ！」

「幸い、まだワイバーンが残ってるな」

「あと二匹います。仰る通り、幸いにもまだ逃げ出してはおりません。ここで逃がすとまた街道を襲われてしまいます」

そういう『幸い』じゃないんだがまぁいいか。

「逃がす前に殺《と》るぞ」

「どうやりましょう？　他の皆さんが地上から色々撃ってはいますが有効打にはなっていないようです。僕が攻撃魔術を使いますか？　基礎的なものなら当てられると思いますが……」

ふ、とヴァレンの口の端が上がる。

「なぁリアーズ」

「はい」

「光鳥、使ってみたいか？」

「～～～～～～～～～～～～～～～～～～～～～～～～～～～～！　はいっ!!」

弟子のきらきらした目が、視えるようだった。

☆

「でも師匠！　早く戻りませんと、皆さんが！」

「大丈夫だよ。Ｂ級パーティならワイバーンの一匹や二匹」

言ってるそばから早速一匹倒された。落下するワイバーンのどてっぱらに巨大な氷柱《つらら》が貫かれている。氷系の攻撃魔術だろう。

「ほらな」

「すごいです！」

リアも同じ魔術は使えるはずだが……まぁいいや。

残りの一匹は仲間が倒されたのに怖気《おじけ》づいているっぽいが、しかし逃げるのも癪《しゃく》だと思っているらしく、その逡巡《しゅんじゅん》でぐるぐると頭上を回っている。戦うか逃げるか決めかねているらしい。自分《おれ》みたいなやつだな、とヴァレンは思いながら、弟子への講義を開始する。

「魔術戦闘において一般的に『飛行する』行為は優位と捉えられている。頭上を取られた相手はなにかとやりにくい。それは事実だ。魔術を用いない時代でも、高台は有利だったからな」

しかし、とヴァレンは続ける。

「ジェノヴァ流ではそうとも限らない。お前の足下を見てみろ。何がある？」

「地面、土……ですか？」

「そうだな。だがもっと大きく捉えてみろ。大気が満ちているこの場所はどこだ？」

「あっ……この、大地の全体……！」

「そう、星だ」

足元を指さす。

「魔術師は自身の魔力と大気の魔素《マナ》を使用して魔術を起動させる。そのとき、大気からだけではなく、無意識に、星から直接に魔素《マナ》を引き出してもいる。少量だがな」

「星からも……」

「古い時代の魔術師は、星の魔素《マナ》を直接使って瞬間移動みたいなこともしたらしい。それくらい次元の違う魔術——神秘を行使できる」

「でも、どうやって……？」

「套路《とうろ》を思い出せ。地面を蹴《け》って力を出していただろ。横ではなく、縦の運動こそ発力の要《かなめ》だ。これを魔力操作でも行う。構えろ——虎以《こい》、一式」

師に命じられ、リアが構えを取る。

「勁道に、魔力を通すんだ」

「勁道に……」

「すでに『水銀』のイメージを得ているお前ならできるだろう。いいか、閃煌《せんこう》魔術に限らず、全ての魔術は、地に足を着けている方が威力は高まる。浮遊していては大地から魔力を吸い上げにくいからだ」

「なるほど……。空にいることが必ずしも優位ではないとは、そういうことなのですね……！」

「ワイバーンとか、翼を持つ魔物だって違いはない。よく言うだろ？　鳥は軽々と空を飛んでいるように見えるが、それは外敵から逃れるためだったり、餌《えさ》を取るためで、本当は疲れるからできるだけ地面にいたいって」

「はじめて聞きました！」

あれ？　そう？　まあ自分《おれ》も師匠から聞いただけだしな……。などと顎《あご》を撫《な》でるヴァレン。

自分の世界がジーナで閉じているのを、ヴァレン自身は気付いていない。その世界が広がりつつあることも。

「では、套路を練ります」

「あ、うん」

リアが虎以を開始する。一式から二式、二式から三式、三式から四式へいくところで、リアの魔力量が明らかに増えた。閃煌体《せんこうたい》の放つ粒子も増加している。

――さすがだ。

この天才にかかれば、星から魔力を吸い取るまで、套路を一巡するまでもなかった。

弟子の魔力量がさらに増加していく。五式から一式へ循環し、膨張《ぼうちょう》していた閃煌体《せんこうたい》の輝きはいっそ小さく収縮した。リアが意図的に、溢れる魔力を収束させている。

「し、師匠！　なんか、すごいです……！　力が、溢れてきます……！」

ヴァレンは笑う。

「やるじゃないか、リア。一巡でモノにするだけじゃなく、収束までさせるなんて」

「いえ！　師匠がダンジョンでお腹に魔力を集めていたのを見せてくださったので！」

だからなんで一回見ただけでできるんだよお前はよ。

「じゃあ、光鳥も出せるか？」

「ええっと……先ほどからやろうとは思ってるんですが、どうにも形が定まりません……！」

言われてみれば、リアの周囲に浮かぶ粒子がぐにゅぐにゅと動いては、ぱぁんと弾けている。失敗しているらしい。意外だな。

「剣は創れます、はい！」

瞬時に光剣が十本ほど周囲に浮かぶ。うわ、マジかよ。

「それ飛ばしてもいいけど……あ、消えた」

光剣が消える。リアの集中力も切れたのか、套路で練った魔力が一気に減っていく。向こうの空ではワイバーンがくるくる回り、太陽が山に沈もうとしている。

「光剣と同じように、光鳥もイメージだ。俺の場合は笛だったが……」

実は光鳥を出すのに『横笛』は必須ではない。ただ魔力操作に集中できるから吹いているだけだ。元々は制御の練習として吹いていたのだが、ジーナ師匠に気に入られて嬉しかったので続けていたのだが、

「吹いてください！」

がばり、と弟子が喰らいついてくる気配。

「師匠の笛、僕、聴きたいです！　上手《うま》くいきそうな気がします！」

「わ、わかった……じゃあ」

選曲は、と言おうとしたところでリアが食い気味に、

「『かつての王女のためのパヴァーヌ』で！」

「う、うん……はい」

好きな曲なのかしら。

そんな大好きな曲を、自分みたいなへたくそが吹くのは気が引けるけど、リクエストには応じよう。

横笛に口を当てる。その直前に新たな気配。落ちかける太陽の向こうから、大量の飛竜の魔力。そうか、とヴァレンは気づく。最後の一匹は逡巡してたのではなく、仲間を呼んでいたのか。――しかし。

演奏を開始した。

――しかしリアの前では、ただの『餌』だろうよ。

寂しい笛の音に乗って、リアーチェ・レジェンダ・アルジェントは套路を舞う。踏みしめた大地から魔素《マナ》を吸い上げ自身の魔力とし、腕を旋回させ溢《あふ》れる魔力を体内に留める。内勁《ないけい》が充足し、踊るリアの瞳は蒼く、そして虚《うつ》ろげだ。まるで自分のための曲を、まさに自分のために吹かれる笛の音に合わせ、師の創り出した鳥を――かつて自分が憧れた光を夢想する。

自由に舞い飛ぶ光の鳥。

燃え盛る炎のような白い虎。

リアの渇望《かつぼう》を体現するものが、確かにそこにはあった。

閃煌《せんこう》魔術。

リアの心を捉えて離さないその光景は、魂の煌《きら》めきそのものだった。


「リア！」

名を呼ばれてはっと我に返った。と同時に気が付く。自分たちを覆《おお》いつくすようにして、地平線まで続いているんじゃないかと思うくらい大量の、光の鳥が出現している。

「撃て！」

師の短い指示。遠くの空から飛翔してきたワイバーンの群れに、たったいま創り出した無数の光鳥が突き刺さっていく。

それはまるで、風景の絵画をそこだけ白く塗りつぶしたような、光の洪水だった。

☆

「すげぇな！　あんたたち！」

「名前、なんつーんだ？」

「は？　ヴァレンティーノ・ジェノヴァ？　え。あの、ひょっとして……帝国軍にいらっしゃった？　あのヴァレンティーノ様？　ジェノヴァ流の？」

「サインって貰えますか？」

ワイバーンの群れが残した魔石は大量のお金に変わった。

宿場町のひとたちも、みな喜んでくれたようで何よりだ。サインは弟子が代わりに書きました。B級パーティのひとたちも、視力をなくしてから字を書いたことがなかったので、筆の自信がないのである。筆も笛も下手《へた》だなんてどうしようもない男だなぁ、魔力も視力もないし、生活も旅も弟子に頼りっきりだし……と自分で思って勝手に凹《へこ》む。

「わ、師匠、どうしたんですか⁉　大量のお金を持って今にも死にそうな顔をなさっています！　これから借金取りにでも持っていかれるんですか⁉」

「リアくん……きみはいいね……まぶしいね……才能がさ……」

「何を仰《おつしや》います！　僕をここまで鍛えてくださったのは師匠ではありませんか！　ヴァレン師匠は、僕の最高の師匠です！　すごいです！」

「ええ？　ほんとぉ～？」

「本当です！」

その言葉に嘘偽りはないのだが、自らの師がなんの前触れもなく急に自信をなくすことにも慣れてきたリアが、多少の誇張をして師匠アゲを敢行《かんこう》していることもまた、嘘偽りのない真実であった。

「まさか僕が光鳥まで使えるようになるなんて……夢みたいです！　ぜんぶ師匠のおかげですよ？」

「そうかぁ〜？　ま、そうかもなぁ〜」

「そうですとも！」

「あはははは っ！」

「あはははは っ！」

ジェノヴァの師弟は今日も仲良しである。


その夜。

師弟は仲良しであるが、泊まる部屋は別々である。これはヴァレンティーノが「寝てる時まで弟子に頼り切りだと自分が情けなくて死にそうになる」と説明したからであり、リアはそれに反論したものの、結局は押し切られる格好となった。

まぁリア自身も、部屋が別々なのは良かったとも言える。

性別を偽っていることもそうだが——。

「ふっ…………つっ……うぁぁ…………………！」

激痛《いたい》。

師のお世話を終えて自室の扉を閉めた途端に『それ』が来た。気が抜けたからだと思う。べッドにすら辿《たど》り着けず、地べたに這《は》いつくばって、身体《からだ》をくの字に折り曲げる。ワイバーン討《とう》伐《ばつ》の報酬《ほうしゅう》で少し高い宿にしておいて良かったと激痛を覚える頭の隅で考える。床がよく掃除《そうじ》されている。

「ぐううう…………ああああっ…………！」

声を押し殺す。いつもの発作だ。すぐ治まる。聞かれるな。隣の師匠に。絶対に。

「あぐぅ…………つううう…………っ！」

額を床にこすりつける。右目が死ぬほど痛い。左目もほじくりだしたいくらい痛い。眼球が、視神経が、その奥の脳が、なまくらのノコギリでごりごりと削《けず》られているような激痛。

——なん、で、今日は、こんなに……！

頭を床に叩きつけたい衝動に駆られるのを必死でこらえてる痛い我慢できない痛い。理由はわかってる。考えるまでもない。こうなる日は決まってアレを使っている。

——アッシュウィーザの龍眼《りゅうがん》……！

これは禁忌《きんき》の魔術だ。生涯《しょうがい》、寝たきりのはずだった自分を健康体にし、それどころか人の数百倍の魔力を得られるようになった。ヴァレンティーノの言葉は嘘ではないが十全でもない。視力や視界が良くなり、魔素《マナ》の動きが視えるようになり、魔力操作や魔術制度も上がり、閃煌《せんこう》展開に必須なモノ。

師は『魔力と視力を失う恐れがある』と言った。

自分は『その心配はしていない』と思った。

なぜならば、

「ぐぅぅぅうううううううう…………！」

まずい、と思う。今までにない痛みで意識が飛びそうになる。むしろ気絶させてくれれば楽なのにと考えるがそれは罠《わな》で、もしいま気を抜けば、

「つぅぅ…………ぁぁっぅ……………………ああっ！」

ばさり。

這いつくばった頭の上から、何かが羽ばたいたような音がした。振り仰《あお》ぐまでもなく、目の前の床に一枚の真っ赤な羽根が落ちてくる。

リアの背中に、〝竜〟を思わせる赤い翼が生えていた。

――アルジェントの、魔王……！

その血の覚醒《かくせい》。

手の様子がおかしい、指先から〝竜〟の赤い鱗《うろこ》に覆《おお》われていく。あまりの出来事に慄《おのの》く。今までは、ここまで酷《ひど》いことはなかった。翼が生えることはあっても、発作が治まればすぐに霧になった。

途方もない恐怖が胸をいっぱいにする。知らず叫び出しそうになるのを、変わってしまった己の手で覆う。鼻と唇に、爬虫類《はちゅうるい》を思わせる鱗の硬い感触がして、自分はヒトではなくなってしまったのだと全身で理解する。

涙が。

激痛のする瞳から涙が流れることが、頬《ほお》を伝う温かさが、まだ自分が自分であると信じられるかすかな救いになる。

「ああっ……………あぁぁっ…………！」

とめどなく嗚咽《おえつ》が漏《も》れる。ぱり、ぱり、とまるで皮を剝《は》がすように、身体の端から赤い鱗に覆われていく。指先どころか、足の脛《すね》まで赤く変わっている。閃煌体《せんこうたい》に変身するよりももっと生々しい変化が、自らの身に起きている。

「やだっ……………やだよぉ……………！」

鱗がどんどん上がってくるのと比例して目の痛みが消えていくのが逆に怖かった。これが龍眼を使い続けた代償なのか。ジーナ大師匠が施《ほどこ》した禁忌の魔術は、自分から——を奪うだけでなく、ヒトの姿すら奪うのか。隣で音、

——————っ！

隣室の師匠が立ち上がる気配がした。感覚がすさまじく研《と》ぎ澄まされている。壁の一枚程度、存在しないかのようにヴァレンティーノの一挙一動が読み取れる。まずい。音が漏れただろうか。心配されて、部屋にでも来られたら、いま扉を開けられたら、この姿を見られたら、もう

自分は彼の弟子ではいられなくなってしまう。それは、死よりも辛《つら》いことだ。

——おねがい、見ないで……！

声を押し殺して背中を丸める。必死の思いで変化を止めようとする。肘の先まで来た鱗が進行を止め、抜け落ちた赤い羽根が粒子に変わって消える。でも、翼自体はそのままだ。ヴァレンがゆっくりと歩きだす。

——おねがい……！

しかし、リアが次に耳にしたのは、ノックの音——

「……………ぁ」

ではなかった。

隣室の窓が開いた。部屋の主が椅子《いす》に座った。

木箱を開ける音、
息を吸う音、
笛の音色。

「……………あぁ」

かつての王女のためのパヴァーヌ。

ジェノヴァの笛吹きが、自分のための曲を吹いている。

意識が和《やわ》らぐ。苦痛が遠のく。呼吸が整う。腕まで覆われていた鱗も、背中の巨大な翼も、眼球の痛みも、初めからなかったかのように霧になって、消えていく。

床に転がったまま、閉め切った窓から漏れ入ってくる音色を聞く。今すぐ窓を開けたいのに、手足はまったく動かない。それでも、

「——きれい」

なんてきれいな、ふえのおと。

涙が。

激痛のした瞳から涙が流れることが、頬を伝う温かさが、まだ自分が自分であると信じられるかすかな救いだった。

あのひとの笛の音だけが、リアーチェ・レジェンダ・アルジェントの、唯一の救いだった。

第四章

数日後。

大都市・ドラゴニア。

大昔に〝竜《ナーガ》〟を封印したという伝説が残る街には、聖剣と思《おぼ》しき過剰《かじょう》な装飾が施《ほどこ》された棒状の物体に蛇型の〝竜〟が巻き付いているという土産物屋《みやげものや》にありそうなシンボル像が、外壁から入ってすぐの広場に鎮座していた。

弟子のリアーズが銅像の意匠《いしょう》を丁寧《ていねい》に説明してくれる。なるほどね。

「カッコ良さそうだね」

「そうですね、僕くらいの年の男の子たちがすごく目を輝かせています」

「リアはそうでもないの？」

「うーん、どうかなぁ……」

声音《こわね》から「何が良いんだろアレ」という気持ちが漏れている。なんだろう、この、肉屋のお姉さんやメイドのアンネさんからも感じた、「男の子は仕方ないんだから」みたいな雰囲気《ふんいき》は。

「あ、師匠《ししょう》、高台にお城が見えます。あれがドラゴニア城かと思われます！」

「おお、どんな感じ？」

「さすがはこの辺りを統治するドラゴニア領城ですね。守りが堅固です。周囲をぐるりと囲む城壁にはここからでも第一級の魔術防壁がかかっているとわかります。物見塔は、監視と守護結界の展開の両方を兼ね備えているようです！」

巨大な城下町だけあって、人の行き来は激しい。同じようにシンボル像の前に立って城を眺めていたと思しき、隣にいた男女混合パーティのうち、一人の女性が感嘆《かんたん》の声を上げた。

「すごい、ここから見ただけでそこまでわかるの？　どうして？」

「え？　えーと、見たままと言いますか……」

ヴァレンが助け船、

「あー、うちの弟子はお坊ちゃんなんです。北の方の貴族で、ああいうお城にはしょっちゅう行ってまして」

「師匠、なぜそれを⁉」

「え、違うの？」

女性は笑って、

「まあ、そうなの。すごいわね、ガイドさんみたいだった。それなら、目の不自由なお兄さん……お師匠さん？　のお世話もばっちりね」

「はい！　僕はそうであるよう、心がけています！」

「助けてもらってますよー」

そうだ、ついでに訊いておこう。

「お姉さん、冒険者ですよね。ギルドの場所はご存じですか？」

「え、ええ……あっちの区画だけど……。どうして私が冒険者だってわかったの？」

「えーと、見たままといいますか……」

「見えて、ないのよね……？」

今度はリアが助け船、

「うちの師匠は凄《すご》いんです！　足音やしぐさから発せられる音、魔素《マナ》の動きを読んで、相手がどんなひとか当てちゃうんです！」

「えっ、本当に⁉」

「本当ですとも！　師匠ともなれば、あなたがどんな格好をしているか、ズバリ当てることだってできるでしょう！」

何を言い出すんだお前は。

慌てるヴァレンとは対照的に、女性は楽しそうな口調で、

「じゃあ、やってみて？」

やれやれ。

ため息をついて、わかりました、と答える。

今の時点でも、リアが言った通り、気配だけで冒険者であると知れる。例えば、

「まず歩き方が『戦う者』のそれです。訓練はもちろん、幾度もの実戦を経た者の歩き方。重

心と軸心の置き方に油断がないですね。そして『戦う者』なら帝国軍か冒険者にほぼ絞《しぼ》られますが、兵士のような険悪な雰囲気はなく、自由でありながらも緊張を緩《ゆる》めない。冒険者特有の気配です。甲冑《かっちゅう》の音は兵士・冒険者のどちらもするけど、荷物の音はやはり兵士ではほぼありえない。バックパックですね。一週間分の衣類や食料、薬剤が入ってる。肩に担《かつ》いでいる筒状のものは矢で、弓は、弦《つる》を外した状態バックパックに括《くく》り付けてある。その弓。甲冑の少なさ。そして足運びが軽いですから、斥候《せっこう》系魔術師ですね。リアの城壁防御について興味を示したのも、あなたが索敵を担当することが多いからでしょう。その場でくるっと回ってみてもらえませんか？」

「え、こう？」

「ありがとうございます。風と魔素《マナ》の動きで、身に着けているのはハーフマント、長いブーツで太ももは出ている、短パン、腰にはアイテムポーチ付きのベルト、カットソー、胸部と腰回りに甲冑、どれも魔術縫製《ほうせい》で編まれています。ハーフマントとは別に背中に粘り気を感じました。ロングヘアーですね？　猫背《ねこぜ》なのは……いえ、なんでもありません」

口にはしなかったが、カットソーの袖《そで》に飛鏢《ひひょう》、ブーツの中に投げナイフ、あといくつかの暗器を備えている。護身用かな。アンネさんも袖やらスカートやら髪の中やらに身につけてたし。

あと、このひと、エ、エ、エルフだな。魔力の感じからして若そう。五十歳くらい。ロングヘアーが耳元で邪魔そうになってたのも、耳が長いからだろうな。

女性の驚いたような声、

「す、すごい、ぜんぶ合ってる……！」

それに気分が良くなったヴァレンは、少し調子に乗った。持っている杖《つえ》と、踵《かかと》を、とんとん、と叩く。杖と踵から勁《けい》を発して、女性側の勁を聞く。聴勁《ちょうけい》というやつだ。

「ん」

とリアがわずかに反応した。こいつ、聴勁もわかるくらい成長してるのかと感心しつつ、女性の魔力を触らずに感じ取る。

「街に着いたばかりということもあるでしょうが、やや寝不足気味ですね。魔力の流れがあまり良くない。右足首の古傷が少し痛みませんか？　酷《ひど》くならないうちに教会で治癒《ちゆ》を受けるか、休んだ方が良いと思います」

「そこまでわかるの⁉」

にっこり。

「ええ」

気付けば周りの足音が止まり、視線を感じる。注目されていた。

「すげぇな兄ちゃん！」

「ほんとに見えてねぇのか⁉」

「師匠は凄いんです！　見えてないのに、凄いのです‼」

やんやややんや、と周りから喝采《かっさい》を浴びる。なぜかリアが嬉しそうに主張する。

悪い気分じゃない。

笛を吹いてるときより注目されているのは、どうかと思うのだけど。

☆

冒険者の女性からギルドの場所を聞いて、ヴァレンとリアは大きな街路を歩いている。女性はヴァレンのアドバイス通りに、教会へ治癒《ちゆ》を受けに行くようだ。

「今度お礼させてね」

と耳元で囁《ささや》かれた。いや、そこまで接近されなくても、耳は悪くないんだけど。あとリアが割って入ったのは何故だろう。

「師匠は……油断も隙《すき》もないです」

「？　良いことだろうが」

「そういうことではなくてですね！　……はぁ、もういいです」

「？　そうか」

うちの弟子が何を言ってるかわからない——のはいつものことか。

「そういえば師匠、僕には聴勁？　を使いませんよね」

「いや使ったけど。初対面で」

「そうだったんですか⁉　え、なにか、わかっちゃいました……？」

「あー」

初めて会った時のことを思い出してみる。

「ひたすらに魔力がデカかったから、あんまりよくわかんなかったな」

「そ、そうですか……」

ホッと安心したような弟子の吐息。

「でもあれだな、お前もちょっと猫背気味だったんだよな」

「さっきも仰《おっしゃ》ってましたね。あれ、なんなんです？」

「胸だよ」

「は？」

「さっきのひとが猫背なのは、たぶん胸が大きいからだ。上半身の重心がわずかに前のめりだった。胸部の甲冑がこすれる音も、身体《からだ》から少し離れて聞こえるし。実際どうだった？」

「お、大きかったですけど……。はっ、まさかそれで僕の胸を触ったんですか⁉」

「それもある。関節が柔らかいってのが一番の理由だけど。あとはそうだなー……。お前さ、小さい頃に大きな病気とかしてなかった？」

「な、なんで……？」

「全身から、床《とこ》ずれみたいな重みと、ずっと寝たきりだったひとみたいな骨の軽さがあった。それと胸……の奥。肺とか気管支に、蜘蛛《くも》の巣みたいな絡まりがあったな」

「………………………気管支は、ずっと調子が悪かったです。子供の頃ですけど」

嘘だ。本当はついこの間までだ。というのを、リアは決して口に出さない。

口に出さず、そっと師を仰《あお》ぎ見る。すると、

「っ⁉」

ぼんやりと虚《うつ》ろな目で、ヴァレンティーノがリアを覗き込んでいた。

「平気か？」

「なっ……なに、が、ですか……？」

「いまはもう平気か？　気管支だったら、息が苦しいってことだろ？　もう大丈夫なのか？」

心配して言っているのだと、リアはわかる。実際、ヴァレンは心から心配している。

ただ、聴勁で体の奥まで視られたような気分になった直後に、そう顔を覗き込まれると、逆の心配もしてしまう。

――バレちゃったら、どうしよう。

でもそれ以上に、

――うれしい。

「大丈夫です！」

顔がにやけるのを止められなかった。止める必要も、なかった。

「師匠が笛を吹いてくだされば、僕は元気いっぱいになるんです」

「そう？　じゃ、また吹いてやるよ」

「はい！」

師の手をぎゅっと握って、弟子はギルドの館へと導いていった。

☆

ドラゴニア・ギルドの館――を目前にして、

「待った」

リアに手を引かれていたヴァレンが急に足を止めた。聞きなれたブーツの音がする。やたらと豪奢《ごうしゃ》な魔導服と葉巻のにおいがする。

まずい。

ここはまずい。

ここは――アイツがいる。

「リアくん、ここは後にしよう」

「何を言ってるんですか師匠。魔石を換金してくれるのは冒険者ギルドだけなのでしょう？　道中で狩った魔物の魔石が山ほどあるんです。昔、エビル・トロールの魔石を闇換金しようとして、ご友人にこっぴどく叱《しか》られたと言ってたじゃないですか」

バカよせ聞こえるだろ。

「そのご友人とは俺のことだな、ヴァレン」

あーあ、見つかっちゃった。

ヴァレンは観念して、声の主を振り返る。

ブーツの男、帝国宮廷魔術師長クリストフ・ディ・メランドリが、腕を組んでヴァレンを睨んでいた。が、隣のリアを見て、表情と気配から棘《とげ》が消える。

リアとクリストフがほぼ同時に、

「師匠、こちらの立派なお方は……？」

「ヴァレン、この聡明そうな少年はどうした？」

「あーあ、めんどくせ」

「「めんどくさいとはなんだ」ですか」

ハモってやんの。

☆　☆　☆　☆　☆　☆

冒険者ギルドで無事に魔石を換金したヴァレンたちは、ドラゴニア城へ入った。

いまや帝国宮廷魔術師でもなければ冒険者かも怪しい無能の笛吹きヴァレンティーノだけな

らもちろん門前払いだったが、一緒にいたクリストフのおかげで顔パスだ。

城の兵舎の食堂で、三人で食事をする流れになった。

リアの手によって、ヴァレンの皿は時計状に配置されている。九時の方向にあるパンをそっと摑《つか》んでちぎって口に運ぶ。シチューが六時、チキンソテーが一時で、サラダが二時。十一時にある水を一口飲んだ。クロックポジションに皿があれば、火傷《やけど》や皿をひっくり返す心配がなくなる。食事という行為に抵抗が薄まるだけで、メシは美味《うま》くなるもんだとしみじみ思う。

ありがたいものだ。

リアには感謝してばかりだ。

で、それはそれとして、だ。

「なんでお前がこんなところにいるんだよ、クリストフ。王都からは程遠いだろうが。まさか……」

帝国宮廷魔術師の最高位である男が、ドラゴニアにいる理由は、考えれば一つしかない。

ふむ、という頷《うなず》きと、スプーンを置く音。

「お前を追いかけてきた」

「は？」

「冗談だ」

ふっ、と笑うクリストフ。

思わず立ち上がったリアが「びっくりした……」と座り直した。俺もびっくりしたよ、とヴアレンは思う。

「で、本当は？」

「〝竜〟だ」

やっぱりか。

「うちの探索担当が、ここの〝竜〟の封印が解かれそうだという話を聞いてな。冒険者ギルドにも応援を要請しに来たところだ」

「帝国軍だけじゃ対応できねーもんな」

リアが不思議そうに、

「そうなのですか？」

弟子の疑問に師匠は答えてやる。

「治安維持が帝国軍の役割。魔物退治が冒険者の役割。おおざっぱに言うとそんな感じで決まってるんだよ」

「どうして分けているんです？　帝国軍が魔物を退治してはいけないんですか？」

世間知らずな弟子を許してやってくれ、クリストフ。そんな顔をするな。見えないけど。

「魔物を倒すと魔石が手に入るだろ？」

「はい。今回も、とても良い収入になりました」

「ほとんどの冒険者はそれで食ってるわけだ。その食い扶持《ぶち》を奪ったら生活できなくなる」

「なるほど……。では、僕らもあまり狩り過ぎない方がよいですね。皆さんの分の報酬《ほうしゅう》を奪ってしまいます」

「そこは自由競争だから気にしなくてもいいが……。お前、そういうところ貴族だよな。民に分け与えようって発想が」

「えっ」

「とはいえ、冒険者ギルドじゃ対応できないような魔物討伐《とうばつ》は帝国軍がやることもあるけどな。街に魔物の群れが襲ってきたら、軍が指揮をとらないとどうにもならん」

なるほど、と聡い弟子は頷く。

「冒険者の皆様は、少数で動いていますからね。大隊、旅団、師団クラスの大規模な戦術行動が必要な場合は、咄嗟《とっさ》に連携が取れないと思います」

クリストフが、ほう、と感嘆《かんたん》の声を上げる。

「きみのような考えと素質を持つ若者は、ぜひ帝国宮廷魔術師団の門を叩いてほしいものだな」

「はぁ」

「我らは皇帝陛下に尽くし、帝国と帝国民を守護する、誇りある魔術師だ」

「素晴らしいと思います！」

ヴァレンが鼻で笑う。

「ただのお役所仕事だぞー。帝国軍が出張るような魔物災害なんて最近じゃほとんど無い」

「何をおっしゃいますか師匠。トーカの街で率先《そっせん》して人々をお助けになった方が」

「ほう？　あれを治《おさ》めたのはお前だったか。報告にはなかったが」

　面白そうな声のクリストフに、ヴァレンはむすっとする。

「それは忘れろ。とにかくな、外敵の排除っつったって今や大陸に帝国の敵はいない。たまーに仕事があっても、内乱の鎮圧とか血なまぐさいものばかりだ」

　リアがまたも不思議そうに、

「それが統治というものではないでしょうか。帝国は、元は王国連合という複数の国家がまとまったものです。旧ヴァンガーランド国王が皇帝陛下に選出されましたが、その頃から統治は優れたものでした。グロリア帝国は、帝国とは称していますが、実際は連邦国家に近いものです。であれば、各領地の力は大きいもの。内乱は起きやすいと言えるでしょう」

「それは御上《おかみ》の考え方だ。内乱を鎮圧するってことはな、同じ帝国民を殺すってことだ。かつて帝国は、他の国々を侵略し、領土を拡大した。それと同じように、今度は同じ国の人間を殺す。どっちもクソだ」

　弟子が、はっとして、頭を下げた気配がした。

「師匠はそういったお仕事をされていたのですよね。ごめんなさい、僕の思慮《しりょ》が浅かったです」

　本気で反省しているっぽい弟子に、やや言い過ぎたかなとヴァレンは思う。

「いいよ、気にするな。だいたい、今はもう気楽な冒険者だしな」

「はい……。今はたいへんお気楽な御身分です」

「リアくん？　その言い方はちょっと違くない？」

クリストフが笑って、

「こいつはかつて帝国宮廷魔術師の最上位にいたが、今や冒険者とは名ばかりの最底辺に転落した。きみのような将来有望な魔術師が門下に入るのはもったいないな」

「まぁ、師匠は確かに最底辺の生活をしてらっしゃいましたね……」

「そこは否定しなさいよ」

でも、とリアは、きっとキラキラした瞳で言う。

「師匠はとても素晴らしい魔術師だと思います。僕は浅学菲才《せんがくひさい》の身ですが、生涯をかけて、その技を習い、その魔術を修め、我が師に尽くすつもりです！」

「それそれ、そういうのだよ」

「ヴァレンには勿体《もったい》ないほどいい子だな」

まったくだ、と三人で笑った。


その後も三人で適当な談笑をしたのち、クリストフと別れ、ヴァレンとリアはギルド直轄《ちょっかつ》の宿を取ることにした。

「宿舎に部屋を用意させるが？」

「いいよ、石みてぇに固いベッドにダニだらけのシーツだろ？　もうそういうのは御免だね」

ひらひらと手を振る。

弟子が「ダニだらけのシーツは師匠のおうちも同じでしたが」というのは聞こえないふり。

クリストフがふっ、と笑ったあと、真剣みを帯びた声で、

「ジーナ様はこちらでも探してみよう」

「助かる。また笛を聞かせてやるよ」

「それは御免被《ごめんこうむ》る」

「このやろー」

笑い合う二人を、弟子が安心したような顔で見ていることは、ヴァレンは知らない。

——師匠にも、心を許せるお友達がいらしたんですね。

その胸の奥に、ほんの少しだけ、嫉妬《しっと》の火がくすぶったことも。


その嫉妬を気取られたわけではまさかないだろうが、

「ヴァレンティーノ、少しリアーズくんを借りてもいいか?」

クリストフがリアを見て、そう聞いた。

「勧誘すんなよ」

ふっ、と笑うクリストフ。

「わかっている。リアーズくん、良いかね?」

「あ、はい！　えっと……」

戸惑う素振りの自分に師匠は、

「俺は一人で戻れるから大丈夫だよ」

「で、でも……」

「心配すんなって。案内魔石もあるしな」

「……わかりました。ではクリストフ様、参りましょう」


宿舎から少し歩いたところには、夜の街並みが一望できる高台があった。

家々の灯りや、公園や道の角灯《ランタン》を眺めながら、リアは言う。

「良い街ですね」

「ああ。俺も久しぶりに来たが、良いところだ」

この眺めを、師匠は見られないのだな、とリアは心中で悲しむ。それが同情なのか、奢《おご》りなのか、リアにはわからない。

「それで、僕にお話というのは……」

「ジーナ様のことについてだ」

実直そうなクリストフは、その性格を示すかのごとく、いきなり切り込んできた。ゆっくりとリアを振り向く。

「ヴァレンは、ジーナ様を慕《した》っていた。母のように、恋人のように。だが、そのジーナ様は、〝竜〟との戦いで命を落とされた」

「〝竜〟と……戦ったんですか？　師匠と、ジーナ大師匠が？」

「冒険者ギルドが間に合わなかった例でな。海から出てきた〝竜〟と港でかち合った。ジーナ様はヴァレンを庇《かば》い、〝竜〟の炎に消された。跡形もなく」

「跡形もなく……」

「〝竜〟は倒されたものの、ヴァレンはその戦闘で失明し、魔力も限りなくゼロになった。愛した師も、魔力も、視力という光も失ったやつは帝国宮廷魔術師を辞め、世を捨てた笛吹きになったのだ」

「そうだったのですね……」

「ジーナ様が生きているというのは、本当か？」

「はい。少なくとも、一か月前にはお会いしました。そして――」

ためらいもなく、リアは龍眼《りゅうがん》を起動した。師匠の数少ない友人には、真摯《しんし》でありたかった。

「僕にこの目を授けてくださいました」

クリストフは、はっとした様子で、

「それは、ヴァレンと同じ――。なるほど、話は本当のようだな」

納得した様子の彼は、リアをしっかりと見て、

「やつを頼む」

頭を下げた。

帝国で最も位の高い魔術師が、ただの魔術師見習いの小僧に対して、懇願《こんがん》する。

「俺は、ヴァレンの『光』に救われた者の一人だ。そういうやつは大勢いる」

リアもまた、しっかりと頷いた。

「はい。僕も、その一人です」

「そうか」

安心したように微笑《ほほえ》むクリストフ。

「話は以上だ。付き合わせてすまなかったな。軍に勧誘できないのが惜しいが——きみは、ヴァレンティーノに必要な存在だろう」

「……そうだと、良いのですが」

自信なく笑うリアに、ぽん、とクリストフが肩を叩く。

「大丈夫だ」

そう言って、彼は去っていく。その背中に、リアは頭を下げた。

ブーツの足音が聞こえなくなるまでそうしていた彼女は、やがて顔を上げると、

「私に、何ができるだろう」

星が輝く夜の空を見上げ、誰にともなく呟《つぶや》いた。

そして——ふと。

眼下の街並み、その街路のひとつで、ヴァレンティーノが女性と会っているのを、見つけてしまった。

☆

クリストフにリアを預け、宿へ向かう途中だったヴァレンは、何かに呼ばれた気がして、道を折れた。宿からは遠くなる。だが、こちらへ行かなければならない、と自分の中の誰かが言っている。そして、

「……え」

日の前に、女がいた。

ヴァレンの目には『それ』は見えない。

人外の美貌《びぼう》。身に着けているものといえば白いドレスのみで、それも一枚の布のように薄い。長く、輝くような金髪が風もないのにふわりと揺れて、芸術品のような瞳の色もやはり黄金。長い耳はエルフの象徴であるが、それにしたってあまりにも美しすぎる。

ヴァレンの知らない、彼が生まれる遥《はる》か前の出来事を以下に記載する。

彼女を一目見た太古の国王が、自国で囲おうとして神々の怒りを買って滅ぼされた。

彼女を一目見た大昔の領主が、君主の客人であった彼女を奪い取ろうとして、国が割れて滅びた。

彼女を一目見た古代の皇帝が、その気を引くためにあらゆるものを捧げ、国は荒れて革命が起きた。その後もあらゆる権力者がそれを捕まえようとして失敗し、いくつもの民族が地上から消えた。

自身は何もしなくても、ただ『その場にいる』だけで幾つもの国が勝手に滅んでいく。それほどの魔性。それゆえに、歴史の表舞台から数千年もの間、去っていた人外――今やこの地上

でただ一人となった最後の古《ハイ》エルフ。

ヴァレンの目には『それ』は見えない。

だが──知っている。この魔力も、この魔素《マナ》の香りも。

「来たか、ヴァレンティーノ」

その声も。


「ジ、ジ、ジ、ジーナ師匠！」


唐突に。何の心の準備もなく。

まるでそうなることが必然だったように、ジーナはヴァレンの目の前に立っていた。

だが──本当に？

本当に本物のジーナ師匠か？

だって、気配があまりにも違う。

自分を育て導いてくれた、あの優しいジーナの雰囲気《ふんいき》がまるでない。

魔力も同じ。魔素《マナ》も同じ。思わず聴勁《ちようけい》してしまったが、返ってきた情報も全く同じ。

しかし別人。

そうとしか思えない。

その戸惑いに、ジーナは「ああ」と心底つまらなそうに──そんな素振りなんてまるでしたことなかったのに――呟いた。

「あの人格は、もうやめた」

別人が喋《しゃべ》っていると思った。

「お前には言ってなかったな」

師匠は、ジーナ師匠は、そんなふうに喋らない。

「私はね、他者の人格をエミュレートすることで、人類社会に紛《まぎ》れ込んでいたんだ。四〇〇年以上も生き続けているんだ。精神だって摩耗《まもう》する。元の人格は、とっくに消えているよ」

意味が解らない。

何もかもわからない。

ジーナと思《おぼ》しき人物の喋っている内容が、まるで頭に入ってこない。

「じゃあ……」

「猿真似《さるまね》人形だよ、ヴァレンティーノ」

まともな思考など一つもできなかった。ただ口が勝手に言葉を紡《つむ》ぐのに任せた。

「じゃあ、俺が慕っていた……俺を育ててくれた、ジーナ師匠は……？」

「もう消えた」

やはり唐突に。何の心の準備もなく。

「アレは私ではない。お前を育てたあの人格は……『ジーナ』は死んだ」

その生き物はそう告げた。

☆　☆　☆　☆　☆　☆　☆

「アレは、アルジェントという亡国の王女の人格だ。数十年前のね。お前は、数十年前に死んだアルジェント王国の姫に育てられたんだよ」

「なんで……そんなこと……言うんですか……？」

声が震えている。

足が震えている。

地面が逆さになったみたいだ。

「俺は、俺は――あなたに会いたかったんです。あなたを死なせてしまったと思って、あなたをずっと探してたんです」

そうだ。そうだよ。

「生きているなら、どうして教えてくれなかったんですか！　なんで顔を見せてくれなかったんですか！」

エルフが、じっとこちらを見る気配がした。

「死んだからだ。あの〝竜〟との戦いで、お前を育てたジーナ・ジェノヴァという女は消えた」

「そんな……」

信じられるはずがない。

そんな戯言《ざれごと》を。

エルフは続ける。

「いつ習得したのかすら定かでないほど昔に覚えたジェノヴァ流を使い、戯《たわむ》れに世界を救った。そしてまた、戯れにお前を拾い、ジェノヴァ流を伝授した。それだけだ」

いや、とジーナは言う。

「それだけのはずだった。しかしお前は——私の予想を超えた。素晴らしい逸材だよ。だからこそ、私はこうして奔走《ほんそう》しているわけだ」

涼やかな魔力で、何の嘘も衒《てら》いもない気配で、

「お前を永遠に私のものにするために」

ヴァレンには、エルフの言葉がひとつも理解できない。

ただ、途方もなく悪い予感だけがする。

これ以上悪いことなんて、もうないはずなのに。

「師匠……？　なにを言ってるんです？　なにを——やっているんですか？」

「なぁ、我が弟子。ヴァレンティーノ。私でない私が名付け、育てた、いとし子よ」

ヴァレンは動けない。

「お前は今でも、私を愛しているのかい？」

うわごとのように答えるだけだ。

「——もちろんです。俺が生涯《しょうがい》、愛すのは、あなただけです」

ジーナが初めて表情を変えた。笑った。きっと、悪魔のように。それがヴァレンには見えない。

見えなくて良かったと思う。

「もう少し待て。そうすればわかる」

そうして――エルフは影のように消えた。

「…………師匠」

ひとり取り残されたヴァレンは、石になったかのように、動けなかった。

その様子を、その会話を、その逢瀬《おうせ》を、物陰ですべて見ていたリアは、口を押さえてしゃがみ込む。

間違いなくジーナ大師匠だった。あの口調も、佇《たたず》まいも、居城に訪れたときのままだ。ヴァレンには別人のように感じられたらしいが、リアが『会った時』のジーナは、すでにあの人格だった。

ただ、胸が痛い。

――俺が生涯、愛すのは、あなただけです。

わかっていたつもりだった。ヴァレンの心の目にはジーナしか映っていない。初めからわかっていたはずだった。この旅はジーナを探す旅なのだ。ヴァレンが、愛するひとを見つけるための旅路なのだ。

それが叶ったのに。

それが叶ったから。

——ああ。

はっきりとした失恋の痛み。

ヴァレンがジーナを想う気持ちが理解できてしまう苦しみ。

それでも諦めきれない未練。

「…………師匠」

ひとり隠れているリアーチェは、石になったかのように、動けなかった。

ジェノヴァの弟子たちが、孤独に、涙を流していた。

☆

ヴァレンティーノは宿に帰るなり、リアに何も言わずに部屋にこもった。

「あ、師匠、おかえりなさ——」

ばたん、がちゃり。

扉を閉めて、鍵《かぎ》までかけた。

「…………師匠」

そんなんだからヴァレンは気付かない。リアの目が腫《は》れてることが見えないのは仕方ない。

だがその声が掠《かす》れていることも察せられないのはどうだ。

これが旅の終わりなのか。

ヴァレンはもう何も考えたくなかった。ギルド直轄《ちょっかつ》で、リアが予約を取ったそこそこの宿のふかふかのベッドに潜り込んで着替えもせずにふとんをかぶった。

涙があとから溢《あふ》れて止まらない。

自分はいったい何をしていたんだろう。

あれはいったい誰だったんだろう。

今すぐジーナを探しに出るべきなのに、足がもう動かない。何もやる気が起きない。いまはただただ眠りたい。

扉の向こうから、

「師匠……。ご気分がすぐれないようでしたら、僕が診《み》ますけど……」

と弟子の遠慮《えんりょ》がちな声が聞こえてきても、答える気さえ起きなかった。

もういい。

もう放っておいてくれ。

それから逡巡《しゅんじゅん》するような、部屋の前をいったりきたりする足音が少しして、やがて隣の扉に消えた。

ヴァレンティーノの意識も、一緒に消えた。

それから朝になっても、また夜が来ても、ヴァレンティーノは部屋に引きこもっていた。リアが扉をノックしても返事はないのに、時折、中からぴーぷー、と外れた横笛の音色はする。

——師匠……。

あの夜はリアも泣きながら宿へ向かった。宿の女将《おかみ》さんにどうしたのかとびっくりされたが、

「失恋しました」

とだけ告げたらやけに優しくしてくれた。飴《あめ》ちゃんをたくさん貰った。

これが旅の終わりなのか。

ヴァレンはジーナと出会えた。しかしその再会は、彼の想像していたものとはかけ離れていたらしい。

そうだと思う。その通りだと、リアも思う。

突然、自分の前から姿を消した師匠が、別人のようになっていたのだから。

自分の身に置き換えてみる。ちょっとぐうたらだけど、厳しくて、でも優しいヴァレンティーノが、あんな風に変わっちゃったら。三年ぶりの再会なのに、相手は要領を全く得ないことばかり言って、そして消えてしまったら。

また、いなくなってしまったら。

——私に、できること……。

ヴァレンティーノを励《はげ》ましたい。彼の力になりたい。彼から貰ったものを少しでも返したい。

——クリストフ様からも、そう言われたものね。

元気を出してもらおう。そうだ、自分だって動いていた方が気が紛《まぎ》れる。胸の奥をまんまるく削《けず》られたみたいなこの痛みを、少しでも忘れていられる。

お土産《みやげ》を買ってこよう。ドラゴニアには、〝竜〟と聖剣にまつわる民芸品がたくさん売られている。手で触れて楽しめるものがいい。玩具《おもちゃ》を買ってきて、一緒に遊ぶのだって悪くない。

シチューを作ろう。ヴァレンティーノの大好きな牛筋とブロック肉がごろごろ入ったビーフシチューだ。今日ばっかりは野菜を残しても小言《こごと》はなし。火傷《やけど》をしないように気を付けて、口を拭いてあげて、たくさんおかわりしてもらおう。師匠はフォカッチャにシチューをつけて食べるのが好きだから、ふかふかのを探してこよう。

忙しくなるぞ。

喜んでくれるといいな。

「鬱陶《うっとう》しい。出てけ」

扉を開けて中に入ると、ヴァレンティーノが煩《わずら》わしそうにそう言った。自分が両手で持つ鍋《なべ》の中で、シチューがわずかに揺れた。

「え」

「放っておいてほしいって言っただろ。それを毎日毎日……」

「で、でも……」

せっかく作ったのに。

「お、美味《おい》しいですよ……たぶん……」

「そういう問題じゃねぇ」

ヴァレンティーノはがしがしと頭をかく。

「ほ、ほら、お風呂も入りませんと……あれからもう、一週間になりますし……」

「いいって！」

「あっ……ごめんなさい……」

はぁ、とため息をついてヴァレンティーノがベッドにどすっと腰かけた。

「……なぁ、昨日さ、話しただろ。師匠とは会えたけど、色々あって、気持ちの整理がつかないから、しばらくひとりにしてくれって」

「そう、です、けど……」

「けど、なんだよ」

「師匠のお世話は、僕が任されましたし……」

「いいよ。もともとひとりで暮らしてたんだ。なんとかなる。お前もしばらく休めよ。俺の介助で疲れてるだろ」

ヴァレンティーノの言ってることは、尤《もっと》もだと思った。

それでも、納得したくない自分がいた。

だって、

「疲れてなんか、いません！　僕は、師匠のお役に立ちたいんです！」

「だったら放っておいてくれ」

だって、

「ま、まぁまぁそう言わず！　ほら、ご飯、ここに置きますから」

「…………ああ。わかったから、もう出てけ」

だって、

「で、出てけだなんてそんな言い方しなくても……いいじゃないですか。僕は」

だって、必要とされなくなったら、自分の居場所なんて、もうどこにも――。

「うるせぇ」

ヴァレンティーノは心底めんどくさそうに、

「もう故郷に帰れ。旅は終わった。お前の修業も終わりだ」

ぼそりと、

「お前なんか連れてくるんじゃなかった」

天地がさかさまになったみたいだった。

これが旅の終わりなのか。

「…………ひどい」

ぽつりと呟《つぶや》いた言葉に、ヴァレンティーノがわずかに反応する。

「……いや、すまん。今のは言い過ぎた」

空《あ》いた両の手で、ズボンをぎゅっと握る。あれだけ練《ね》った套路《とうろ》も、魔術も、いまは何の役にも立たない。

ヴァレンティーノの役に立てない。

それどころか邪魔にすらなっている。

師匠がやけに優しく、

「なぁ、後のことは俺でもできる。一度故郷に戻ったらどうだ。リアには助けられたけど、もう……」

もう、なんだ。

もう必要ないのか。

ジーナと再会して、それでもう自分は用済みか。

ぽっ、と怒りにも似た感情が生まれて、

──違う。

すぐに消えた。

わかってる。わかってるんだ。本当は。

ヴァレンティーノの世話を焼くのは、自分のためだ。

彼の役に立ちたい、必要とされたいという思いは、自己満足だ。失恋の痛みを誤魔化《ごまか》すための押し付けだ。

ヴァレン師匠は、きっと、考える時間が必要だったんだ。立ち直る時間が必要だったんだ。

それを自分が奪った。

思い返せばずっとそうだ。いきなりトーカの家に押しかけて、弟子にしてくれと頼み、彼の穏やかな時間を奪った。

だから、悪いのは自分なのだろう。

頭を下げる。

「ごめんなさい、師匠。僕は、師匠に構ってほしくて、あれこれと、余計な世話を焼いていました」

「いや、まぁ……うん」

「でも……」

「ん？」

よせ。

「でも」

やめろ。

「師匠は……！」

言うなって。

「でも師匠は僕がいないと何もできないじゃないですかっ！」

「あ？」

言ってしまった。止めようと思ったのに、我慢できずに口走ってしまった。

さきほど燻《くすぶ》った火は全然これっぽっちも消えていなかった。それどころか消そう消そうと思うほどより強くごうごうになった。ぼうぼうになった。炎上した。

　感情が燃え上がる。

「失恋して悲しいのは僕だっておんなじなんですっ！　そりゃ師匠をダシにして誤魔化そうともしました！　それはごめんなさい！」

「え、失恋？　は？」

「でもでも！　師匠ったらお風呂も入らないで部屋に閉じこもってお掃除《そうじ》もできなくて不潔です！　いいですか、人間は綺麗《きれい》にしないとすぐ病気になっちゃうんですよ！　こんなに埃《ほこり》がたまってる！　髪を洗ってください!!」

「いや――あんだとコラ」

　泣きながら叫ぶ。師匠がキレ出しても知らない。

　どうせこれで終わりなら、ぜんぶ吐き出してやる。

「辛《つら》いのは自分だけだと思ってるんですか！　ええそうでしょうよ！　師匠がお辛いのはよくわかりますとも！　だからって、ここまで連れてきた弟子をここで放り出して「はいさよなら」は酷《ひど》いじゃないですかっ！　お前なんか連れてくるんじゃなかったなんて！　僕はいつだって師匠のために尽くしてきたじゃないですかっ！」

「だからそれは謝っただろうが！　ごめんって！　いやちょっと待て、もしかして俺、かなり臭《くさ》いのか？」

「くっ――ぼ、僕の口から言うのは憚《はばか》られます……」

「急にトーンダウンするなよ！」

「成人男性が一週間もお風呂に入らなかったらどうなると思いますかっ！」

「…………………」

どうなるの、という師匠の顔。

え、ほんとに？

そういえばトーカの街だとそんな暮らしだってアンネさんが言ってたな。

「それはともかくっ！　僕は、僕はっ！　もう帰れるところなんかないんですっ！　だから、だから――」

わがままだと思う。

めんどくさい女だと思う。

自分がこんな弟子を取ったら嫌だなぁと思う。

そう思われないようにこれまで必死に頑張ってきたのに、

「師匠のそばに置いてくださいよぉぉぉっ！　帰れなんて言わないでよぉぉぉぉっ！　うわあああああああああああああああああああああんっ!!」

泣いた。泣き叫んだ。女の子座りをして顔を上げて天井に向かって子供みたいに泣き喚《わめ》いた。みっともなくて恥ずかしくて、それでも涙が止まらない。一度決壊したものはもう元には戻らない。

目の前の師匠は、ただの十八歳の小僧になったみたいに、座ったり立ったり、ただひたすらにオロオロしていた。聴勁で、気配で、魔力で、魔素《マナ》で、相手のことがなんでもわかるはずなのに、たった一人の女子のことすらわからないようだった。

馬鹿だと思う。

自分も、師匠も。

リアはおもむろに立ち上がる。自分が何をしているのか、さっきから全然わからないし、まったく制御ができない。

「師匠なんか大っ嫌い！　この鈍感童貞ダメ男!!　もう知らないっ!!」

馬鹿みたいなセリフを吐いて、泣きながら部屋を飛び出した。

ヴァレンは、なすすべもなく見送った。追いかけるという選択肢《せんたくし》すら浮かばなかった。

ただ、リアの残したシチューの香りに顔を向けて、

「童貞はお前もだろうが……お前もだよね……？　え、童貞だよね……リアくん……？」

馬鹿みたいなセリフを、呟いた。

☆　☆　☆　☆　☆　☆

「リア…………」

どうしようもなくて、部屋をうろうろして、またベッドに逃げ込もうとして、ふと自分の身体《からだ》の臭《にお》いが気になった。

杖《つえ》を持って部屋を出る。扉を開けたままだったから当然なのだが、さきほどのやりとりは宿中に聞かれてたらしく、廊下《ろうか》を歩くだけで興味津々《しんしん》な気配が向けられた。受付に行き、宿の女将《おかみ》さんにお湯を貰えるか聞こうとして、

「あんたも大変なんだろうけどさ」

女将さんは、ヴァレンの手を引いて浴場まで連れていく。

「あの子はずっとあんたの心配をしてたよ」

「……はい」

「追いかけないでいいの？」

「……髪を洗えと言われたので、それからにしようかと」

「そうかい」

女将さんは男衆に声をかけて、後を託した。

お湯を出してもらった彼に礼を言って、頭を洗う。順調にいったのはここまでだった。体を洗う段になると、シャンプーも石鹸《せっけん》もどこにあるのかまるでわからない。適当にまさぐったら親切な誰かが手に置いてくれた。礼を言う。スポンジはないので、手で石鹸を泡立《あわだ》てて全身を洗い、お湯を頭からかぶる。なんだかぬめぬめする。お湯が足りないが、魔力がないから、魔石の蛇口《じゃぐち》から水も出せない。浴槽《よくそう》の位置はなんとなくわかるので、慎重に歩いていってお湯を汲《く》む。また慎重に歩いて洗い場に戻ったらすでに場所が取られてたみたいでぶつかった。謝ってから空《あ》いてる場所を探し、また親切なひとに誘導してもらい、また礼を言う。

謝って礼を言う。謝って礼を言う。謝って礼を言う。

ひとの温かさに触れる。

けれども、自分の心の中に、申し訳ないという重石《おもし》がどんどん積みあがっていく。それはやがて、身動きができなくなるくらい重くなる。

そうだ。

自分の生活は、ずっとこんな調子だった。

リアーズが来るまでは。

目が見えない。魔力もない。見知らぬ誰かに頼り切れるほどの我の強さもない。ひとたび公共の場に放り出されれば、身も心も、途方もなくなって、立ちすくんでしまう。

感謝していたはずだった。

いつも助けてくれてありがたいと思っていた。

なのに、どうしてあんなことを言ってしまったのだろう。

――まぁそれは謝ったけども。

謝って許されることではないのだろう。

親切なひとに手を引かれ、浴槽につかる。また礼を言うと、

「あんた、お弟子さんと喧嘩《けんか》でもしたのかい?」

ここはギルド直轄《ちょっかつ》の宿だ。だから客のほとんどが冒険者。

冒険者には、弟子がいるのも珍しくない。

「……ええ、はい」

「そうか、大変だな」

「……俺が馬鹿でした」

「なに、ケンカするほど仲が良いっていうじゃねぇか。それに、さっきの聞こえちまったんだけど、なんだか笑っちまったよ、ほほえましくってな」

「……お恥ずかしい限りで」

「よっぽど好かれてんだな。うちの嫁さんの若い頃を思い出すぜ。昔は可愛《かわい》かったんだけどなぁ」

リアは嫁にはならないと思うが。

「おたくらはどこから来たんだっけ？」

「トーカの街です」

「へぇ、そりゃずいぶんと遠い。お弟子さんは？」

「え？」

「だから、弟子のふるさとだよ。もう帰るところなんてないっつってたけどよ、気になっちまってなぁ」

「北の方って言ってましたが……」

「北のどこ」

「……どこ、でしょう」

「おいおい、そりゃないぜ、師匠さん」

彼は言う。

「弟子の故郷も知らねぇで、修業つけてたのかよ。師匠ってのは、弟子の親になるのと同じなんだぜ？　本当の親御さんから大事なお子さんを預かって、一人前に育て上げるんだからよ」

はっとした。

そうだ。

自分は何も知らない。

リアについて、自分は何も聞いていない。聞こうともしなかった。興味がわかなかったから。

どうでもいいと、思っていたから。

「本当に、そりゃないですね……」

馬鹿だ。

本当に馬鹿だ。

師匠失格の大馬鹿野郎だ。

ヴァレンティーノ・ジェノヴァは、ジーナ師匠のことしか、見えてなかったのだ。

一番弟子のことを、ひとっつも見てなかったのだ。

自分はあいつがどんな顔をしているのかすら知らない。龍眼《りゅうがん》を起動したときだって、あいつの動きしか見てなかった。

「……俺は、本当に、本当に本当に、大馬鹿野郎です」

顔を覆《おお》う。浴槽の中でよかった。きっと涙だって誤魔化《ごまか》せる。

「まぁ、なんだよ。俺にも剣の弟子が何人かいるけどよ」

親切なひとが、頭をぽんぽんとたたく。

「難しいもんだよな、師匠ってのは」

ひとの温かさに触れる。

礼を言って、謝る相手がいる。

それは――とても幸せなことなのかもしれなかった。

☆

「うう……師匠の馬鹿、あほ、おたんこなす、へっぽこ童貞……」

べちょべちょに泣きながら、リアは夜の街を歩く。繁華街《はんかがい》からは遠いから、歩いているひとも皆無だ。誰かに泣き顔を見られる心配も、スリや強盗に遭《あ》って必要以上に叩きのめす心配もない。

「なんで追いかけてきてくれないんだよぅ……。くさいって言ったの余計だったかなぁ……うう……」

べちょべちょに泣く。目から鼻から汁が出まくって、袖《そで》がぐずぐずになる。

「はぁ………」

手ごろな石の柵《さく》の上に腰を下ろした。

泣いたらすっきりした。

あたりを見渡す。古城の前まで来ていた。ドラゴニアにはいくつかこういった古い城というか砦《とりで》があって、かつての防衛拠点だった名残《なごり》を感じる。

夜風が気持ちいい。

空は雲一つなくて、月が綺麗《きれい》だ。

「謝らないと……」

師匠に。

でも嫌だなぁ。

怖いなぁ。

また『お前なんか連れてくるんじゃなかった』って言われたら、今度こそ立ち直れない。

「はぁ…………」

大きなため息をついて、
ふと。

後ろで何かの気配がした。

なんとなく振り返る。肉眼で判別がつくぎりぎりの距離。金色の何かが、古城の裏口の前に立っている。

ジーナ大師匠だった。

こちらを見て、微笑《ほほえ》むと、すっと古城へ入っていった。

「…………え？」

と呟《つぶや》いた時にはもう、身体は勝手にその後を追っていた。まるで自分を誘い込むかのような素振りが気になるが、いまは追いかける方が先だ。

入り口は古城の地下へと続いていた。

かび臭《くさ》い、レンガ造りの魔術建築。階段を地下へ深く潜っていく。こつ、こつ、と響く高い足音は、本当に自分を誘っているようだった。魔素《マナ》を辿《たど》ると、古城の地下道は街の中心部へ続いているらしい。

どこへいく？

なにがある？

鉄製の閂《かんぬき》が切られた跡。魔術的な施錠《せじょう》が破られた跡。足音は先を進んでいく。そして、

「…………うそ」

広大な地下空間に現れたのは、見上げるほど巨大な構造物。聖剣と思《おぼ》しき棒状の物体に、蛇《ナーガ》型の〝竜〟が巻き付いている、どこかの土産物屋《みやげものや》にありそうなシンボル像。

違う、像じゃない。

これ、まだ、生きて――。

「リアーチェ・レジェンダ・アルジェント」

その微笑みだけで国がひとつ滅びそうな、人外に美貌《びぼう》を備えた古《ハイ》エルフが、像の足元にいた。

「ジーナ大師匠！」

「あとは、任せたぞ」

──なにを……!?

問おうとしたその時、激しい震動が空間を揺らす。

魔素《マナ》で感じ取れる。

気配でわかる。

目の前の〝竜〟が、蘇《よみがえ》る。

「師匠……」

天井から振ってくる瓦礫《がれき》と、目を覚まそうとする〝竜〟の瞳に光がともるのを見て、リアは静かに呟いた。

☆　☆　☆　☆　☆　☆

ヴァレンは風呂から上がり、部屋へと戻った。リアの洗ってくれた服に着替え、リアの残してくれたシチューをひとくち食べて、リアを探しに宿を出た。通信魔術《コール》は不通。あの眩《まぶ》しいまでの魔力はどこにも視えない。魔素《マナ》の残滓《ざんし》を辿るにしても、妙な場所へ続いている。不思議に

思ったその直後、
どくん。

何かの――鼓動がした。それは大地に眠っているモノのそれであると、なぜか理解できた。

大地の。

地中の。

この街の、地下に封印されているモノ。

どん、という震動が大地を揺るがす。周囲の人々の驚く声、徒人《ただびと》ならば立っていられないほどの地響き、どん、どん、どん、どん、と震動は次第に大きく、発生の間隔は狭くなっていく。

そして――

しぃ、ん……。

音が止んだ。

風が止んだ。

五秒が過ぎ、人々の気配に安心の色が見え、十秒が過ぎ、さっきのはなんだったんだろうなと笑う声が聞こえ、二十秒が過ぎようとしたその時、

ずんっ！

天地が逆さになったような衝撃が地面から突き上がってきた。今度こそ本物の悲鳴があちこ

ちで上がる。中心部から放たれた大震動は街全体へ伝播《でんぱ》し、およそすべての『立っているもの』を転倒させた。

宿の一階の酒場で飲んでいた者は全員もれなく椅子《いす》から転げ落ち、テーブルは倒れ、棚《たな》からは酒瓶《さかびん》がいくつも落下した。建物自体が傾いていることに気付いた者はまだ少ない。宿の表の通りでは、果実売りの屋台が倒れ大量のオレンジが坂を下り、陸橋《りっきょう》が崩れ、遠くでは火の手が上がっている。

発勁《はっけい》でどうにか力を化《ば》かし、一人だけ立っていられたヴァレンは周囲を探る。

──なんだ、あれは……！

地鳴りの中心部に、何かがいる。

地下から天に向かって、蛇のようなモノが伸び上がっている。

それこそが、かつて帝国を崩壊直前にまで追い込んだ魔物災害の最大脅威《きょうい》。

〝竜〟。

ドラゴニアに封印されていた風竜──個体名称『ウィドレクト』が、数百年の時を経て、蘇った。

☆

その街の住人で、大地から昇る〝竜〟を視認できたのは、ほんの数名だった。

地面震動にひとたまりもなく転倒し、直後に天を衝《つ》くように這《は》い出てきた蛇型《ナーガ》のそれは、街全体へ響き渡るほどの轟音《ごうおん》を発した。その音が『叫び』であると知れたものは少ない。そしてその轟音で耳をやられた〝竜〟の足元の人々は、何が起こったかを認識する前に突風によって空へと吸い上げられた。

ウィドレクトが、竜巻を纏《まと》ったのだ。

中心部にあった家々はまず風竜の出現時に破壊され、その周辺の建物も竜巻で跡形もなく吹き飛んだ。

〝竜〟は山のように巨大で、ドラゴニア領城を遥《はる》かに超える。竜巻の中で、天から人々を見下ろしている。まるで、夢を見るように。

☆

〝竜〟が飛び出て、竜巻が発生し、街を突風が駆け抜けた。

「ぐっ――」

魔素《マナ》の風。竜が起こした、探知の波。

触れた瞬間に、背筋に怖気《おぞけ》が這い上がる。敵のおおよその魔力に見当がつく。

――かつての……港の時よりも……！

ジーナ師匠を消し去ったあの時の〝竜〟よりも魔力の底が知れない。こんなやつが、こんな大都市に出現したのだ。いったいどれだけの被害が出るか――。

風と同時に、大量に放たれたものがある。鳥型モンスター・マンタロスだ。〝竜〟はこいつを使役《しえき》することが多い。風を司《つかさど》るタイプならなおのことだ。体長五メートル程度の魔物が、空を埋め尽くすほど飛び回り、街を、人々を、襲い始める。

大型の地面震動、巨大な〝竜〟、小型の鳥類魔物の群れ。

ドラゴニアの街は大混乱に陥《おちい》った。

その様子を、なすすべもなく、見つめることすらできず、立ち尽くしている――

「くそっ！」

そんなヴァレンティーノではない。

幼少期に捨てられた彼は本当の親を知らない。だが戦闘魔術師として鍛えられてきた血肉が、ヴァレンの足を動かす。とん、と無拍子に宿の三階の窓に取り付き、自室へ入る。なぜそこがそうだとわかるのか。決まっている。

連結大剣ジェノヴァがあるからだ。

大剣の発する魔力を追ってそれを手にしたヴァレンは、魔導鋼鉄の重さによろめきながらも、その重量を自身の体重と見なし、勁として利用する。

套路《とうろ》、『雷以《らいい》』。

ジェノヴァ流の套路は、基本的には『虎以《こい》』だけで十分、事足《ことた》りる。それ以外の三つの套路――鴉以《あいい》、雷以《らいい》、零以《れいい》――はすべて虎以の派生型ともいうべきもので、雷以は主に移動力に特化する。

曰《いわ》く、いかづちの如く。

魔力を持たないヴァレンが、雷帝の疾《はや》さを以てして。

案内魔石など必要ではない。しるべとなるべきものははっきりと視えている。あの竜巻《たつまき》、あの魔力渦の中にこそ敵がいる。その周辺から湧き出た翼持つ魔物どもを如何様《いかよう》にして退けるかは奔《はし》りながら考えればよい。

そう決めた直後に、地に降りて人々を襲うマンタロスの一群に遭遇《そうぐう》した。魔力は無駄にできない。龍眼《りゅうがん》をここで使うわけにはいかない。逃げ惑う人々に引っ掛からないよう屋根の上を疾走していたヴァレンが、眼も開けずに魔物の群れへ突っ込む。敵が気付いた。もう遅い。振り向いた三匹のマンタロス、その三つの首が宙を舞う。斬撃。使ったのは樫《かし》の杖《つえ》。

次、

「ふっ――――！」

虎以は一式の第一節にある縦拳《たてけん》――その拳の延長となった杖の突きが、鳥型魔物の胴体を打ち抜く。ただの雑魚《ざこ》を倒すには余りある一撃。その『余った力』――つまり残勁《ざんけい》が足から地に流れ、周囲で死体を貪《むさぼ》っていた別のマンタロスを突き上げて、その身体《からだ》を内側から破壊した。俗《ぞく》にいう『遠当て』の一種で、はた目からにはただの突きにしか見えないその一手にて、ヴァレンは正面、そして四方にいたマンタロスの計五匹を一斉に爆散させた。

敵勢力の気配が一斉にこちらを向く。敵意の『線』が自分に照準を向ける。鳥の魔物どもは、思いのほか早く抵抗の素振りを見せた人類種族《にんげん》に少なからず驚いているようだった。端的に言って慌てている。統制の取れていない、まさに烏合《うごう》の衆《しゅう》へ、ヴァレンは地を蹴《け》って影のように接近する。

むやみな跳躍は行わない。

大地に足の根を張るように、這うようにして戦う。

頭上からの攻撃は魔術戦闘において不利だと言われているが、ジェノヴァ流には当てはまらないと他ではない自分が弟子に教えた。平均全長五メートルを超える鳥の化物どもを相手に、無明《むみょう》無能《むのう》の男が一騎当千《いっきとうせん》の働きをする。今の自分に連結大剣は使えない。だが樫の杖一本で、〝竜〟の眷属《けんぞく》である魔物どもを片《かた》っ端《ぱし》から霧に還《かえ》していく。虎以、一式から二式、飛ばして五式、回して一式、省略して三式。本来『三刀』で行うはずの套路であるが、『良さそうな棒』が見つかるまでは杖一本で行う。片手が潰れたと思えば大した違いもない。倍の速さで動く必要もない。ただ先読みの精度を上げれば良いだけだ。自分がここで立ち回っていれば――。

「全軍突撃！」

このように援軍が到着する。

クリストフ率《ひき》いる帝国軍の部隊が次々とマンタロスへ突進していった。魔術師団宿舎から飛び立った天馬《てんま》部隊だ。魔導鎧《よろい》に浮遊魔石を組み合わせ、足元に魔力による足場を作り、強化馬と連結して『空を駆ける騎馬隊』となった彼らは、街の上空で翼持つ魔物どもを次々と打ち倒していく。

「ヴァレンティーノ！」

指揮官のクリストフが頭上から叫んでくる。返事、

「遅ぇし、頭が高ぇ」

「囀《さえず》るな！　我らはマンタロス撃退と住民の避難に当たる！　お前は――」

どういう命令を出すつもりなのか、興味本位で見上げてみた。

「〝竜〟を頼む」

「…………」

――またアレとやれってか。

言外にその雰囲気《ふんいき》を匂《にお》わせると、クリストフは苦々しい声で続ける。

「お前に頼むのは忍びない。だが、お前しかおらん……！」

「……わかってるよ」

そう、わかっている。

あのクラスの〝竜〟とまともに戦えるのは、この場では自分かクリストフくらいだろう。そして、やつが軍と冒険者どもの指揮をとらなければ被害は拡大する。それもまた、自分が弟子に教えた通りだ。

だからきっと、ここではこう言って、笑うべきなのだ。

こんな自分を心配してくれて、ありがとう。

こんな自分になってても頼ってくれて、ありがとう。

――なんて、口が裂けても言えねぇや。

自嘲《じちょう》じみた笑みをそのまま向けて、

「お前にも、世話になったな」

それだけ告げて、奔《はし》る。

その背後で、中空の馬上でクリストフが目を丸くしていることなど、知る由《よし》もなかった。

――ああ、いや、もう一人いたな。

稲妻《いなずま》のように疾駆しながら、〝竜〟とまともに戦える人間の存在に思いを馳《は》せた。

背中に担《かつ》ぐ連結大剣の、現在の所有者。

目に見えぬ先を視る。

魔素《マナ》と魔力を心眼で視る。

ヴァレンティーノ・ジェノヴァの一番弟子が、荒れ狂う竜巻の中で、その星のような魔力を輝かせて、戦っていた。

☆

瓦礫《がれき》に埋もれそうなところを閃煌体《せんこうたい》に変身し、地下神殿から脱出したリアは、凄《すさ》まじい暴風に抗《あらが》いながら攻撃を続けていた。

「行け、隼鷹《じゅんよう》！」

二十羽を越える光鳥が〝竜〟へ飛ぶ。しかし竜巻に呑《の》まれ、瞬く間に消えていく。師の笛なしでは集中が維持できない。が、それ以上に、

――この竜巻……！　疾風系の最高位魔術より強い……！

精霊や妖精が受肉《じゅにく》した姿ともいえる〝竜〟は、存在そのものが神秘であり、魔素《マナ》の塊《かたまり》でもある。その所作《しょさ》のひとつひとつが、最高位の魔術と同等かそれ以上のレベルだ。人類種族が用いる、精霊に力を借りて起こす類《たぐい》の魔術は、彼らにとっては子供だましのようなものなのだろう。

〝竜〟が吠える。竜巻がさらに強力な渦となり、閃煌《せんこう》状態のリアを吹き飛ばす。

「うあっ！」

天地がひっくり返る。巻き上げられながら、空中で瓦礫を足場にして、どうにか暴風の範囲外へと後退する。建物の屋根に着地して顔を上げると、もはやそこに〝竜〟は見えず、稲妻を伴《ともな》った黒々とした竜巻が荒れ狂っていた。

――強いっ……！　こんなものを、ヴァレン師匠は倒したの……!?

無論、師が滅ぼしたのは別の〝竜〟である。だが種は同じ。

こんな――人間にはどうしようもない、まさに災害であるモノを、師は倒したというのか。

右、

「くっ！」

マンタロスの集団が凄まじい勢いで襲い掛かってきた。すんでのところを後ろに跳躍して躱《かわ》

す。両手に光剣を発生させ迎撃を試みるが空に逃げられた。こちらも追って――。

――違うだろ。

と、どこからか聞こえた。何が？　笛の音が。

見るともなく振り返る。破壊された街の中、暴風の下を悠然と歩く、場違いな笛吹きの男がいる。その背中にあるのは、彼の身長と同じほどの長さを持った二対の大剣。

「師匠！」

その叫びには注意を喚起する色があった。リアを攻撃したマンタロスの一群が地を歩く極小魔力の笛吹きに殺到したからだ。まずは『喰えるやつ』から狙う魔物の魂胆《こんたん》が見えて、思わず「逃げて」と叫びそうになり、しかしそのときにはもう、

「……うそ」

閃煌《せんこう》展開もしていない、魔術すら使っていない無能の笛吹きによって、十数匹のマンタロスが瞬く間に倒されていた。

今ならわかる。ジェノヴァ流は套路、一式から五式を綺麗《きれい》に循環させた『虎以』。

右手には樫の杖、左手にはどこかで拾ったであろうただの棒きれ。たったそれだけ。

――すごい……！　やっぱり、師匠はすごい！

「師匠！」

「ああ」

ヴァレンの元に駆け寄る。その顔を見ていっぺんに思い出す。言わなきゃいけないことがあ

った。

「ごめんなさい！」

「悪かった」

二人同時に謝って、

「あは」

「はっ」

二人同時に笑った。

「よく戦ったな、一人で」

師がぽんぽん、と頭を撫《な》でてくる。その手つきが優しくて、泣きそうになる。

「じゃあ……もう一度、話を聞いてみるか」

言って、ヴァレンは竜巻を見上げる。否《いな》、竜巻の上に浮遊する、その生き物を見上げる。

〝竜〟の頭上。

四千年を生きる黄金の古《ハイ》エルフが、中空に佇《たたず》んでいた。

☆

リアと合流し、〝竜〟の頭上にいる古《いにしえ》のエルフの魔力へ顔を向ける。

彼女は自分たちに気付いたのか——あるいは待っていたのか——ヴァレンたちの姿を容易《たやす》く

認めた。と同時に、〝竜〟の動きがぴたりと止まる。風も止《や》み、その巨体も絵画のように動かなくなる。

それもそのはず。

かつて、眼前の風竜を封印したのは、あの古《ハイ》エルフだからだ。

ヴァレンが口を開く。

「……師匠」

エルフの耳がぴくりと動き、首がわずかに傾斜した。ヴァレンの声が魔素《マナ》に乗って聞こえている。

「あなたは、ジーナ師匠なんですか」

エルフが反対側へ首を傾《かし》げる。

「先日と同じ返答になる。魔力《たましい》はそうだが、人格は違う」

「どうして、こんなことをするんです！」

「こんなこととは、何を指す？」

「…………っ！」

知らず、奥歯をかみしめる。

淡々とした言い方に、ヴァレンは自分でも驚くほど憤《いきどお》りを覚えていた。ここに来るまでに視たいくつもの死体、子供の死体、女の死体、男の死体、それを喰らう魔物と、それらを潰す瓦礫の山。エルフの無感情な言葉が、ヴァレンの神経を逆撫《さかな》でる。

「なぜ……なぜ風竜の封印を解いたのですか！　こんな大都市で〝竜〟を解き放つなんて、いったい何が目的なんです！」

あのエルフがただ人間どもを苦しめたいという理由で行動を起こしたとは思えない。だが、すでに自分の知っているジーナではないとも、納得はしていないが理解はしている。

ヴァレンの脳裏《のうり》に蘇《よみがえ》り続けている、あのジーナ師匠の笑顔は、永遠に失われたのだ。

だが、目の前のエルフは、

「お前のためだよ、ヴァレンティーノ」

記憶と同じような笑顔を浮かべて、そう宣《のたま》った。

「お前の命を、私と等しく永らえさせるためだ」

「……は？」

エルフは微笑《ほほえ》み続ける。ジーナと同じ顔で。

「この街の命を、風竜と魔物を使って吸い上げる。その魔素《マナ》と魔力で、お前の魂を古《ハイ》エルフと同質まで引き上げる。私が永遠に愛せるように、お前を永遠に生き永らえさせる。私と同じ存在にする。……この説明で、納得したかい？」

ヴァレンの時が停止した。

するわけが。

そんな説明で。

納得するわけが。

「できるわけがないでしょう……？　何を言ってるんですか……？　〝竜〟の封印を解き、街を襲わせ、人々を死なせたその理由が…………俺のため？」

「そうだ」

「俺を、古《ハイ》エルフに……？　俺を永遠に生き永らえさせるため……？」

ヒトが愛玩《あいがん》動物を愛《め》でるように。

ヒトが愛玩動物といつまでも一緒にいたいと願うように。

あの古《ハイ》エルフは、ヴァレンの寿命《じゅみょう》を永遠に伸ばそうというのか。

「誰が……」

誰がそんなことを、頼んだのか。

「子は親に従うもの。ましてやお前は未成熟な幼体だ。いや、少し大きくなってしまったか」

ヒトの成長は早いな、とエルフが無機質に呟《つぶや》く。

「いまのお前の生命規模《スケール》では、この考えは理解できぬかもしれない。だから――そうさな。お前にも納得できる言い方をするならば、これは私の目的だ。我が子が末永く健やかに在ってほしいという、ごくごくありふれた、師匠《おや》の願望だよ」

エルフが尋ねる。人形のような顔で。

「なぁ、我が弟子。ヴァレンティーノ。私でない私が名付け、育てた、いとし子よ」

ヴァレンは動けない。

「お前は今でも、私を愛しているのかい？」

答えたくない。口の中が渇《かわ》いて仕方ない。

ヒトは、人間は、そう簡単に感情を切り替えられるほど、上手《うま》くできちゃいない。

ヴァレンは、まだ。

いや。

きっと、ずっと、ジーナ・ジェノヴァを愛している。

けれども。

だけれども。

「……俺の考えが、子供じみたものだって、あなたはそう言うんですか」

「そうだ」

「俺ひとりのために、この街の住民すべてを犠牲《ぎせい》にすることに対する嫌悪感が、子供じみた感情だと言うんですか……！」

「そうだ」

「ふざけないでくださいっ！」

「今さら諭《さと》すまでもない。生物は他の生物を糧《かて》にして生きている。それが同胞《どうほう》であるからという嫌悪感も理解できる。だがな、ヴァレンティーノ」

エルフが街へ目を向けた。

「たとえこの場すべての人間が死のうが、世界にも、歴史にも、たいした影響は無い。人類種族は何千年にも渡って興隆と滅亡を繰り返してきた。今さら国が一つ滅んだところで、何も変わらんよ」

　だからといって――。

「俺の血肉は、それを許しません」

　ヴァレンは親の顔も知らない。だが、育ててくれた師の教えは覚えている。

「力を持たぬ人々のために戦えと教えてくれたのは、ジーナ師匠です！」

　エルフの魔力《かお》が、わずかに曇ったように視えた。

「ヴァレンティーノ、お前は――。視力も魔力も失い、苦しんだはずのお前は、まだ帝国の民のために戦えるのか。この魔石文明で、魔力を持たぬ無能がどれほどの艱難辛苦《かんなんしんく》を舐《な》めさせられるか、身をもって知ったろうに」

　理解できんな、とエルフは呟き。

　そして笑った。

「が――それもまた愛《う》い。永遠に未熟な生命体《でし》よ。私がとこしえに愛してやる」

　〝竜〟が再び動き出す。風が起こり、竜巻と化していく。

「師匠！　もうやめてください！」

　エルフは答えず、ただ微笑むばかりだった。

☆　☆　☆　☆　☆　☆　☆

問答無用とはこのことだった。

風竜ウィドレクトは再び黒い暴風を纏《まと》い、ドラゴニアの街を破壊し始める。

自分の背中には大勢のひとたちがいる。

クリストフから〝竜〟を頼むと任された。

問答無用とは自分に対する意味だ。

師匠の思惑も、ヴァレン自身の気持ちも脇に追いやる。魔術師として、戦える者として、そしてジェノヴァの弟子として。

「ふぅ――」

息を整え、自分を窺《うかが》う弟子に叫ぶ。

「やるぞ、リア！　ここで〝竜〟を倒す！」

「はい、師匠！」

〝竜〟の纏う風の盾に攻撃は通じない。物理攻撃はもちろん、魔術砲撃もあの壁を破れない。

だが閃煌《せんこう》魔術なら話は別だ。隼鷹《とり》では突破できない、七星剣《けん》でも不可能だろう。あの質量に対抗するならば――。

「「龍眼《りゅうがん》起動、閃煌《せんこう》展開！」」

套路、虎以。

曰《いわ》く――虎の爪と牙を以て、〝竜〟を討《う》ち果たすもの。

ヴァレンとリアが――二人のジェノヴァが、鏡のように合わせて動く。足は肩幅。脱力して自然体。体は両足の親指ではなく、足裏全体で支える。半身に翻《ひるがえ》して、両手は突き出し、虎口《ここう》の構え。

鳥でも無理、剣でも不可能。ならば要るのは奥の手だ。

敵は遥《はる》か高みに存在するが、ジェノヴァ流では頭上を取られることは必ずしも不利ではない。両足を踏み込んで大地に勁《けい》と魔力を送る。反発して戻ってきたそれらを身の内に循環させて、星から魔素《マナ》を吸い上げる。そして、

「「ジェノヴァ流閃煌《せんこう》魔術――白虎《びゃっこ》!!」」


ヴァレンとリアは、風竜に迫るほど巨大な『光の虎』へ再変身した。

二頭の白虎が、〝竜〟が纏う暴風に喰らいつく。風竜ウィドレクトの雄叫《おたけ》びが、轟音《ごうおん》となって辺りを震わせる。それはつまり、脅威《きょうい》を感じているということだ。閃煌体《せんこうたい》の巨虎は風の盾をその爪で切り裂いて風竜へ牙を剝《む》いた。

ドラゴニアの空で、竜虎が合い打つ。

――残り七秒!

〝虎〟の内側でヴァレンが焦燥《しょうそう》に駆られる。龍眼を維持できる時間が倍の速度で減っていく。残り五秒。このままでは間に合わない。教えてはいたものの、リアはぶっつけ本番だったはずだ。あいつだってどれくらい『白虎』を維持できるかわからない。

残り三秒。

ヴァレンの〝虎〟が、ウィドレクトの首に喰らいつく。

一秒。

嚙《か》み砕け、間に合え――。

零《ゼロ》。

ばん、と体が跳ね返る。視界が、天地が翻る。

あと一歩のところで、変身が解けてしまった。

――くそっ！

指先に力が入らない。依然として体は宙を舞い、依然として敵は健在。瞳の奥が焼けるように痛む。〝虎〟はおろか、閃煌体《せんこうたい》すら解けている。腹の底から冷えていくようなこの感覚は、魔力がほぼ底をついたときに現れる、熱病にも似た独特の寒気だ。視界の端には〝竜〟が咆哮《ほうこう》を上げ、蛇の尾のごとき足元から幾度目かの風が吹き荒れ、

「うおおおおおおおおおおおおおおおおおおおおおっ！」

リアーズが吠えた。

途絶えていた弟子の魔力が再び輝きを発する。閃光《せんこう》のごときそれは空を舞う瓦礫《がれき》を足場にし

て風竜から魔素《マナ》を吸い上げて再変身。ヴァレンが牙を突き立てたウィドレクトの首に白虎となったリアが喰らいついた。

――なんて才能《やつ》！

ごづり、という、鱗《うろこ》も骨も砕いた音がヴァレンの耳に届く。風が勢いを削《そ》がれ、〝竜〟の身が頭と胴に分かれ、弟子の魔力から「やった――」という歓喜の色が視えて、

――まだだ！

落ちゆくウィドレクトの首が、その瞳が漆黒《しっこく》に反転する。切断面から噴出した〝竜〟の血潮《ちしお》が風のように舞って竜巻と化す。魔素《マナ》を帯びた鮮血が暴風となって吹き荒れ、聞くだけで死を予感するようなおぞましい絶叫が戦場を震わせる。

〝竜〟の発凶。

人類種族への憎悪に満ちた雄叫びに思わず耳を塞《ふさ》いだ。棲《す》む場所を追われ、大気の魔素《マナ》を〝竜〟の好む神代のそれから人類種族《にんげん》のものへと書き換えられ、挙句、封印した我が身を削《けず》り、魔石燃料にして都市を発展させたこの地に生きる人々への途方もない怨恨《えんこん》と呪念。

『貴様らをこの星から根絶やしにしてやる』

そんな禍々《まがまが》しい思念が叫びから伝わってくる。

――ちっ。

着地するだけで精いっぱいだった。杖《つえ》でどうにか落下の衝撃を化《ば》かしたが、無傷であることと無力であることは、いまこの時においては等価値だった。

もはや、自分にできることはない。

瓦礫の上に座り込み、見えるはずのない敵を見上げる。

発凶状態に陥《おちい》った〝竜〟は、自身の魔素《マナ》を喰いつくしながら暴虐《ぼうぎゃく》の限りを尽くす。やつの残存魔力量から察するに活動限界まではあと一時間といったところだが、その前にこの都市は滅ぼされるだろう。

そして、その前に、まずは自分が殺されるだろう。

敵はヴァレンティーノを認識している。あんな状況であっても。

むしろ、あんな状況に陥らせた自分をこそ、まずは殺しにかかるつもりのようだった。それは逆に都合が良いともいえる。自分はもう動けないが、ここに残りさえすれば、敵の照準《ヘイト》を集められる。殿《しんがり》や囮《おとり》というほど立派な働きはもはやできないが、クリストフが市民を避難する時間を少しでも稼《かせ》げるかもしれない。だから、

「リア」

ヴァレンの前で、庇《かば》うように立ち上がった弟子の背中に、できるだけ優しく告げる。

「もういい。お前は逃げろ」

リアーズもまた変身が解けている。〝虎〟は消え、閃煌体《せんこうたい》も維持できなくなり、残り少ない魔力を使って強化魔術を施《ほどこ》し、連結大剣を握りしめている。

その小さな背中が返事をした。

「師匠がお逃げにならないのであれば、僕もここを動くつもりはありません」

硬い声だった。

「お前には才能がある。無駄に死ぬことはない」

「嫌です」

「ここで生きのこれば、この先、より多くの人を救うことができる」

「ならば、師匠もご一緒に」

わからないやつだな。

「お前には、生きていてほしいんだよ」

「っ……！」

弟子が、鼻をすする音が聞こえた。

こんなときなのに、思わず笑ってしまう。

「そら、泣くほど怯《おび》えてるじゃねぇかよ。いいからとっとと逃げちまえって。誰も文句なんざ言わねぇよ。街のみなさんの苦情は、あの世でぜんぶ俺が聞いてやるから――」

「嫌ですっ!!」

リアが、絶叫した。

「師匠は……馬鹿です……。僕が、怯えてると思ってるんですか？　あんなドジョウみたいなやつが怖くて泣いていると、本気で思ってるんですか……？」

違うのかよ、という言葉は発せなかった。

弟子が笑う。

「ぜんぜん、違います。僕が怖いのは、僕が本当に恐ろしいのは……」

リアが振り返った気配がした。目に見えなくても、龍眼を使わなくてもわかる。

泣きながら、微笑《ほほえ》んでいる。

「師匠から、いなくなれって、言われること、です」

目を閉じたまま、瞼《まぶた》を下ろす。ああ、と俯《うつむ》く。

――またやっちまったな、俺は。

風竜が最後の攻撃を放とうとする。風が、魔素《マナ》が、敵に収束していく。首だけになった〝竜〟が、たった二人の人間を殺すべく、その牙を剝《む》く。

そして、その時が訪れる。

「僕は――」

唐突《とうとつ》に。なんの心の準備もなく。

まるでそうなることが必然だったように。

「僕はそれ以外のことなら、なんにも怖くなんて、ないんです」

リアの背中から、〝竜〟の翼が生えていた。

第五章

Disciple of Genova

★

自分の世界は、ベッドの上しかなかった。

天蓋《てんがい》に覆われた大きな寝台に、自分は朝も昼も夜もひとりで寝ている。背中に枕を置いて、少し立たせているのは呼吸がしやすいからで、視界には、幼い頃からずっと吊り下げられている星座を模した玩具《おもちゃ》がある。

咳《せき》すら、あまり出ない。

気管支に、空気の通り道に、蜘蛛《くも》の巣が張り巡らされているかのように、呼吸がしづらい。ぜひゅう、ぜひゅう、と鳴る自分の肺の音はもはや声の一部みたいなものだし、ベッドの脇に置かれている痰壺《たんつぼ》まで這《は》いずるのも億劫《おっくう》だ。

こんなでも自分はアルジェント領の第三王女であり、健康であれば、母の違う姉たちのように、どこかの王侯貴族の、会ったこともないような殿方《とのがた》に嫁《とつ》いでいたのだと思う。

それが幸せなのか、不幸なのかはわからない。

ただ――自分の足で、このベッドから出られたら、きっと楽しいんだろうなとは、思った。

……その歓声が聞こえたのは、ある夏の暑い日のこと。

お世話をしてくれる侍女《じじょ》が、お外ではお祭りをやっていると言う。楽しそうだな、とぼんやり思う。一緒に遊びたいという焦燥《しょうそう》感と、どうにもならない無力感が、半分ずつ胸のうちを占《し》める。

「リアーチェ様」

医師というより、研究員のような白衣を着た女医が、淡々と口を開く。

「あなたの病は、すぐに死に至るものではありません。ですが、治る見込みもありません」

返事もできない。

喉《のど》からは、ぜひゅう、ぜひゅう、という喘鳴《ぜんめい》しか出ない。

「小さい頃からの発作の連続で、あなたの気管支はどろどろに爛《ただ》れています。なにもしていなくても炎症を起こしている状態なのです。身体《からだ》が変質してしまい、元に戻ることもありません」

それがどうしたのか。

いまさら、それを聞かされて何になるのか。

「いつになったら起き上がれるのか、あなたはそうお聞きになりましたね?」

こくん、と頷《うなず》いた。

そのときはじめて、その女医はわずかばかり、目を伏せた。

「私の見立てでは……あなたが起き上がる日は来ません」

体がくの字に折れる。咳すら出ない。ただ、呼吸をする管をぎゅうっと縮められている。自分だけが、この世界で息ができない。息ができなければ、咳すらできないのだ。その丸まった身体で、

「……ずい、ぶん、と………」

はっきりと言いますね。

思わず笑ってしまった。

「ご領主様から、正直に申し上げるよう、言い渡されております」

お父様。

もう何年も顔を見た覚えがない。

いまどこで何をしているのか——と外で歓声が上がった。そうか、お祭りをやっているって言っていたっけ。きっと特等席で見ているのだろう。

この、『決闘の儀』を。

帝国に最後まで抗《あらが》った忌《い》まわしき歴史があるアルジェント領は、その報いとして、王の血族を根絶やしにされた。それでも、古くから脈々と受け継がれてきた儀式だけは執《と》り行うことが許された。『決闘の儀』もそのひとつ。武人による統治が伝統的に行われてきたアルジェントでは、しばしばこの野蛮《やばん》な儀式で国王を選出していたという。

政争ではなく、闘争で王を決める。

体の弱い自分からすれば、眩暈《めまい》がするほど粗暴で、暴力的で、

――うらやましい。

寝台から窓の向こうを覗《のぞ》き見る。結界の張られた屋外の闘技場《コロシアム》で、毎年、帝国中から集められた魔術師の精鋭たちが技を競う。魔術なんて、生活に用いる程度くらいで、武術の〝ぶ〟の字も知らない自分だが、決闘を眺めるのは好きだった。

一生寝たきりで過ごす、そう宣告され、知らず涙を流しながらも、歓声に誘われるように目を向けて、
そのひとを見た。

青白い魔力の光を纏《まと》い、星のように輝く鳥と剣を用い、燃え盛る炎のような巨大な〝虎〟に変身し、帝国中から集められた戦闘魔術の精鋭たちを圧倒してみせた、美しいひと。

「ラタ」

カーテンを開けてくれていた侍女に尋ねる。

「あのひとは、だれ？」

彼女は答えた。

「ヴァレンティーノ・ジェノヴァ様でございます」

中空を踊るようにして、あのひとが飛び上がる。

手を伸ばせば届きそうなほど近くに、窓のすぐそばまで、ヴァレンティーノ・ジェノヴァが

跳躍し、目を向けた。

「────ぁ」

目と目が合う。

ん、とその眼が輝く。

青く輝くその瞳に、自分は創造神《プレイアデス》の光を見た。

七つの星の光を見た。

生きる希望を見た。

──なんて、きれい。

ヴァレンティーノは身を翻《ひるがえ》し、放たれた対空砲撃をすべて光の剣で薙《な》ぎ払うと、

「失礼」

窓のすぐ隣に──壁に足を付けて、その身を光の〝虎〟に変身させた。そうして、地上から攻撃を撃つ相手を──前回の覇者《はしゃ》であり、帝国最高位の魔術師を──瞬く間に倒してみせた。

どくん、と胸が高鳴る。

血が沸き立つ。頭が沸騰《ふっとう》したように熱くなる。喘鳴が、息苦しさが、遠く彼方《かなた》に追いやられる。

あのひとみたいになりたい。

窓に手を伸ばして、闘技場を見下ろして、苦しい胸を押さえていた。その苦しさが、病から来るのか、恋慕《れんぼ》から来るのかは判別がつかない。つける必要もない。

あれが、閃煌《せんこう》魔術。

あれが、現代最強の魔術師。

自分の心を捉えて離さないその光景は、魂の煌《きら》めきそのものだった。

それからは、ずっとヴァレンティーノ・ジェノヴァのことを調べていた。帝国宮廷魔術師。閃煌《せんこう》魔術の使い手。最強と名高い魔術戦闘の流派、一子相伝《いっしそうでん》『ジェノヴァ流』の正統後継者。

そして――〝竜〟との戦いで師と力を失った彼は、帝国宮廷魔術師を退役した。

それは自分が十六歳の誕生日を迎えたころの出来事で、アルジェント領でも大きな動きがあった。いまや闘争ではなく政争で跡継ぎを決める平和な時代だ。自分は、寝たきりで動けないというのに、上の兄弟姉妹から脅威《きょうい》とされ、命を狙われることになった。自分だけなら別に良い。だが侍女のラタまで巻き込んでしまう。

領城を出るしかなかった。

反対するラタを諭《さと》して故郷へ逃がした夜。ひとり残された自室で、迎えの者を待っていると、「リアーチェ・レジェンダ・アルジェント。お前に『人生』をくれてやろう」

影が現れて、そう言った。

迎えの者ではありえない。なぜならば、

「あなたは、ジーナさま、ですね……？」

ぜひゅう、と息を吐きながら問いかけた言葉に、彼女は無表情で答えた。

「私を知っているのか」

笑わせる。

「とうぜん、です。えいゆう、ですから」

それに、

「ヴァレンティーノさま、は……？　ご一緒では、ないのです、か？」

「違う。だが、やつのことで話がある」

そう言って、ジーナは『アッシュウィーザの龍眼《りゅうがん》』を自分に与えた。

龍眼は禁術であり、その効果は絶大だった。

自分は、健康な肉体になった。息ができるようになった。歩けるようになった。走れるようになった。腕を、足を、自由に伸ばせるようになった。

魔術だって使えるようになった。そうなったらとても楽しくて。ジーナ大師匠《だいししょう》に教わって、かつて見たあのひとの魔術を真似した。あの、煌めく、閃煌《せんこう》魔術を。

ここから人生が始まるのだと思った。

ジーナは、本当に、自分に人生をくださったのだ。

安寧《あんねい》とした、ただ死を待つだけの長い日々を殺し尽くすように、生きる意味を与えてくださったのだ。

そして、宣告した。

「お前の命は、あと五年程度だろう」

それが禁術の代償だった。

構わなかった。

このまま寝たきりで過ごすくらいなら、たった五年の命でも、駆け抜けたいと思った。

「ヴァレンティーノの元へ行きたいのだろう？　行くがいい。アレは私の最高傑作《けっさく》だ。雛鳥《ひなどり》のように私を慕《した》い、子供のように私を母親だと思い、愛している。そう育てたからな」

あのひとの心は、ジーナのものだった。

構わなかった。

この恋が一生叶わなくてもいい。

ただ、前借りしたこの一分一秒を、あのひとと共に過ごしたいと思った。

だから――。

★

目の前の風竜が攻撃を仕掛けてこようとする。

あれに打ち勝つ力が、自分にはある。

やるべきことはわかっている。

その代償も。

――あなたを助けるためなら……！

体の内側から〝竜〟が咆哮《ほうこう》を上げる。かつて根絶やしにされたはずのアルジェントの血が沸き立つ。リアーチェ・レジェンダ・アルジェントに刻まれた『魔王』の力が身を食い破ろうとする。

龍眼を使うたびに覚醒《かくせい》は進んでいった。閃煌体《せんこうたい》へ変身するたびに中身を浸食されていく恐怖があった。

それを、師匠の笛の音が癒《いや》してくれた。

その師匠が、死んでしまうくらいなら。

ヴァレン師匠を、この力で救えるなら。

──もう、戻れなくなっても、いい……！

自分は、何もかも失っても、構わない。

☆　☆　☆　☆　☆　☆

「リア……？」

頭の中はもうぐちゃぐちゃに混乱していた。

ジーナ師匠の意味不明な論理で街が破壊され、その次は弟子が──〝竜〟と同じ魔力に変身したのだから。

血が沸騰したように沸き立つ。ジェノヴァ流を授けられた肉体が、魔の王族ともいえるその魔力に反応している。

眼前の敵を殺せと、ジェノヴァの血が言っている。

ふざけんな、とヴァレンティーノは思う。誰が敵だ。どうして敵だ。こいつは自分のたった一人の愛弟子《まなでし》なんだぞ。

そのリアが、なんで、どうして、

「〝竜〟と同じ魔素《マナ》になってるんだよ……！」

ヴァレンの叫びと、

「ぐっ――ああああああああああああああああっ！」

リアの叫びが重なった。

笛吹きの目にはもうなにも見えない。弟子が、その両手両足に赤黒い鱗《うろこ》と爪を備えた化物になっていることを。

半竜人。

いうなれば、そのような存在。

「黙っていて、ごめんなさい」

謝る必要なんかないのに。

「僕は、僕は――かつて『魔大陸』と呼ばれたウェルイ島アルジェント領主の嫡子《ちやくし》であり」

リアが言う。

「――『魔王』の血を引くものです」

きっと、泣いているに決まっていた。

見えない視界の中で、二つの〝竜〟の反応がある。本能はどちらも敵だと告げている。帝国宮廷魔術師の敵。人類の敵。ジェノヴァの敵。

永遠に止まっていたかのような時間が動き出す。発凶状態の風竜が攻撃を仕掛けてくる。敵の口腔《こうこう》から鮮血の竜巻が放たれた。世界を引きちぎったような甲高《かんだか》い音がする。閃煌体《せんこうたい》であろうとも喰らえばただでは済まないであろう一撃を、しかし半竜人となったリアは片手で受け止め、相殺《そうさい》した。

見えなくてもわかる。リアの手から『力』が大地に流れて霧散した。竜巻の勁《けい》を化《ば》かしたのだ。

「……こんなもの、なんだ」

その声はいっそ呆《あき》れたような色だった。

「ふっ……ぐううぅっ……！」

身を引き裂かれそうな泣き声。

そしてそれっきり、眼前の小さな〝竜〟から、リアの『色』が消えた。

「————————！」

ヒトのものとは思えない咆哮を上げ、半竜人が跳躍する。

風竜は再び攻撃をしかけようとするが、その前に接近を許してしまう。何もかもが遅かった。無造作《むぞうさ》に振るわれる半竜人の右腕は、武術や魔術といった一切の『術理』が存在しなかった。魔力を込めたただの殴打《おうだ》。まるで、大剣を力任せに振るっていたあの頃に戻ったような野蛮《やばん》な一撃。

だがそれは、致命の一撃だ。

半竜人が敵の頭を吹き飛ばした。ウィドレクトが最期に見たのは、『魔王』の爪によって引き裂かれ、地に落ちながら霧に還《かえ》っていく、自身の肉片だった。

――たった一撃……！

呆然《ぼうぜん》と、〝竜〟が崩れる気配を感じ取るヴァレン。そして風竜の背後に、唐突に再出現した黄金の古《ハイ》エルフを感じ取る。その口が言葉を紡《つむ》ぐ。

「やはり複製体ではこの程度か」

断末魔《だんまつま》の叫びと、暴風のわななきとが混じった空の上で、エルフが無感情にそう言った。

「ジーナ師匠……！」

何を知っているのか。

何をさせているのか。

半竜人となったリアが、新たな標的を見つけて跳ぶ。それは自分でもヒトでもなく、マンタロスだった。やつらは辺りを蹂躙《じゅうりん》していた。建物を破壊し、逃げ遅れた人々を引きずり出しては、喰らっていた。

そいつらに、人間の意識が残っていないはずの半竜人が襲い掛かる。〝竜〟の魔力を持った魔王が、同じ〝竜〟の眷属《けんぞく》であるはずのマンタロスを次々と倒していく。

「アレは……なんだ……」

何が起こっているのかわからない。事態の進行に理解がまるで追いついていないヴァレンに、いつのまにか降り立ったエルフが淡々と告げる。

「本人が言っていたであろう？　『魔王』だよ」

「それは――」

ヴァレンティーノは懐《ふところ》にある横笛を、無意識に握りしめていた。

――『かつての王女のためのパヴァーヌ』で！

リアの嬉しそうな声が脳裏《のうり》に蘇《よみがえ》る。それは北方のアルジェント領が、かつて独立した王国だった頃を懐かしんで作られた曲だった。大小様々な国家を呑《の》み込んで大きくなったグロリア帝国の、繁栄《はんえい》の礎《いしずえ》にされた者たちへの曲だった。

他国を呑み込んで巨大化する帝国に反旗を翻《ひるがえ》し、王侯貴族が根絶やしにされた亡国の人々の想いを込めた、リアの好きな曲だった。

エルフが言う。

「かつて、アルジェント国王は、自国に出現する〝竜〟の脅威《きょうい》に対抗するべく、モンスターとの魔術による融合を試みた。あの国は昔から――それこそ四〇〇〇年前から武人による統治が伝統的に続いていてな。国王こそが最強の戦士だった。そしてその血は途絶えていない」

モンスターと融合した国王が『魔王』となり、それがリアの祖先だと、エルフは言う。

「国王の融合相手は〝竜〟だった。当然といえば当然だ。敵を排除するには、敵の力を取り込んでしまうのが手っ取り早い。国王と近衛兵《このえへい》は〝竜〟と融合し、〝竜〟を滅ぼし、ウェルイ島に平和が訪れた。が、それもひと時のことだ」

新たな脅威がやってきた。海の向こうから。

――帝国。

「アルジェントの『魔王』は侵略者に敵対した。勝てると思ったのだろう。だが、〝竜〟がいたのはウェルイ島だけではない。このメウロペ大陸にも無数の〝竜〟が生き残っていた。それらを封印し、撃退し、人類種族の大国を作り上げたグロリア帝国は、歴史的に見ても非常に頑強だ。アルジェント王国は滅ぼされ、帝国に統治された。一部の血族を逃がして」

エルフが、半竜人となったリアに視線を向ける。

「あの者はいずれ『魔王』になる運命だった。身体《からだ》が弱かったのも、そのせいだ。時期が来ればあのように目覚め、初代魔王の亡霊に意識を塗りつぶされ、帝国に復讐《ふくしゅう》していただろう」

あれはお前の敵だと、エルフが言う。

マンタロスの大群に囲まれ、四肢《しし》を喰われ、喰われた端から再生し、その爪で倒していくあの半竜人が、自分の敵だと、師は語る。

「リアを……戻す方法はないんですか……？」

「ない。一度変質した肉体は元には戻らない。アレは帝国の民を殺し尽くす」

そんな馬鹿な。

リアに、そんな馬鹿なことをさせてたまるか。

――俺が間違っていたのか？

街は瓦礫《がれき》で埋もれている。ついさっきまで屋根や家の壁だった煉瓦《れんが》や木材がぶち壊され、そこら中に新たな瓦礫を生み出している。

その瓦礫の上に立ち、半竜人がヴァレンに目を向ける。その『色』からはもう、敵意しか感じられない。ウェルイ島の住民の敵意を、まるごと一人に凝縮したような、恐ろしい怨念《おんねん》の形。

すでに人間ではないかもしれない。ただ、ヴァレンにとってそれは間違いなく『ヒト』であるし、それを『化物』と指さすヤツがいたら許せないと思う。

リアーズ・レジェンダ・アルジェント。

ヴァレンのたった一人の愛弟子《まなでし》。

ヴァレンの矜《ほこ》りであり、愛であり、罪。

自分が間違っていたのだろうか？

『魔王』の背後では、いまだ、マンタロスが空を埋め尽くすほど飛び回っている。瓦礫の山はあいつらと風竜の産物だが、ヴァレンにその責任の一端がないとは言い切れない。死体の山もあいつらと風竜の産物だが、ヴァレンにその責任がないとは言い切れない。

この街の惨状《さんじょう》も。

リアが魔王になってしまったのも。

——俺が間違っていたのか。

見えない目を向け、瞼《まぶた》を閉じたまま、ヴァレンはその手に持つ『横笛』を口に当てた。

息を吸う。懺悔《ざんげ》をするように。

——あいつの才能を見極められなかった、俺が。

考えるべきはずだった。リアの才能がどこから来るのか。

聞けばわかるはずだった。リアの故郷の話を少しでも。

いずれアルジェントの魔王として覚醒《かくせい》する存在であれば、あれほどの武術と魔術の才能を秘めていても、なんらおかしくはないのだ。

それを——興味がないと切って捨てたのは、誰であろう自分なのだ。

——龍眼《りゅうがん》起動、閃煌《せんこう》展開。

体中から魔力をかき集めて、魔術を使用する。

ヴァレンの動きに反応したのか、魔王が跳躍の構えを取った。彼の目に映っているのは自分ではなく、帝国の軍服だ。倒すべき、仇敵《きゅうてき》の姿だ。

同時に、マンタロスが『魔王』を追うようにして、ヴァレンに襲い掛かる。

——リアを視ようとしなかったことが、あいつを、『魔王』にしてしまったのか。

息を吐く。後悔《こうかい》をするように。

横笛から甲高《かんだか》い音色が響いた——その時にはもう、『光の鳥』がヴァレンの周囲を埋め尽くしていた。

——残り、一秒。

飛び掛かってくるマンタロスを光鳥が迎撃する。光の弾丸となった光鳥に身体を貫かれると、モンスターは霧となって散っていった。まだ終わりじゃない。本命が来る。

『魔王』が瓦礫の山を蹴《け》って、ヴァレンに迫っていた。

ヴァレンは瞼を開けた。『アッシュウィーザの龍眼』と呼ばれた瞳が、青く光っている。

──行け。

光鳥は迎え撃つように『魔王』へ飛び掛かる。『魔王』が目を見開く。その瞳もまた、ヴァレンと同じく青く輝く星──『アッシュウィーザの龍眼』。

二人の青い視線が──死線が交錯《こうさく》する。

絵画を白く塗りつぶしたような光が舞った。魔王の身体が空高く吹っ飛び、時間を稼《かせ》ぐことに成功する。

ヴァレンの変身が解ける。閃煌体《せんこうたい》から旅装へと戻り、光鳥は霧に還《かえ》り、戦う術《すべ》を持たなくなる。目の奥が割れるように痛む。

構わずに、二つ目の音を出した。

リアと出会った最初の曲『かつての王女のためのパヴァーヌ』。北方のアルジェント領が、かつて独立した王国だった頃を懐かしんで作られた曲。きっと、王女も王子も違いはない。これでダメならもう為す術はない。けれど、

──これはお前のための曲だろう、リア！

半竜人の爪が振るわれる。音を切り裂くような一撃が迫り、そして──

「…………………あ」

止まった。

虚空で止められた爪の先が、ヴァレンの笛にそっと触れる。灰色に戻った瞳で、ヴァレンはそれを見ていた。

魔王の鱗《うろこ》が剝《は》がれていく。半竜人の赤黒い翼が、爪が、尻尾《しっぽ》が、ぱらぱらと霧に還っていく。

倒れそうになるその身体を抱えて、ヴァレンは弟子に顔を向ける。

「――師匠？」

「ああ……珍しく俺に手間を掛けさせたな、リア」

心の底からほっとして、盛大に息を吐いた。

だが、

「……リア？」

弟子の魔力が急激に減っていく。焼けるように熱かった手足が、途端に冷たくなっていく。

ぜひゅう、と喘鳴《ぜんめい》が出て、その呼吸が苦しげに聞こえる。肺が、気管支が悲鳴を上げている。

おかしい。

「えへへ……髪、洗って、くれたん、ですね」

なのに、リアはまるで気にしないとばかりに、ヴァレンのことを気に掛ける。

「おい、お前、どうした……？　どんどん魔力がなくなってるぞ……」

「えっと……〝竜〟を、倒すために、ちょっと、無理、しちゃったかなって……」

「だからって、ここまではならないだろ！　おい、いったいどうしたんだよ！」

「ああ……まぁ……えへへ」

言い訳をしようとして、それも思い浮かばずに、笑って誤魔化《ごまか》そうとする弟子がいる。

背後から、

「残り五年の命を、さらに削《けず》ったのか」

エルフが、無感動に、そう言った。

――残り五年の命……？

点と点が線で繋《つな》がる。

体が弱かったリアが、龍眼を手にして得た肉体の代償。

自分を永遠に生き永らえさせようとする、エルフの目論見《もくろみ》。

ヴァレンに与えようと吸い上げた、街中の命。

まさか、もう、リアまでも、

「正解だ、ヴァレンティーノ」

エルフが、どこまでも無感動に、そう言った。

「その者は、龍眼を得たそのときに、お前に命を捧げている」


目の前に火花が散った。


「ふざけんなっ！」

ヴァレンティーノが叫ぶ。横たわるリアーチェを抱いて。

師匠が、自分《リア》のために、涙を流している。

ヴァレンが龍眼を起動して、治癒《ちゆ》魔術を施《ほどこ》し始める――が一秒も経たずに切れた。

もう無理ですよ、師匠。

もういいんですよ、師匠。

最初からこうなることはわかっていたんです。

それでもヴァレンは閃煌体《せんこうたい》に変身して、治癒を施そうとする。その身に負担が掛かっていると、勁《けい》なんて読めなくてもわかる。

その必死さが、嬉しかった。

「どうして俺なんかのために……！」

泣きながらそんなことを叫ぶ。

どうしてだっけ、と靄《もや》のかかる頭で思考を巡らせる。いや、いまさら思い出すまでもない。

あの夏の日。

一生、寝たきりの生活であると、五人目の医者にも匙《さじ》を投げられたあの日。

アルジェント領で毎年行われる『決闘の儀』で、並みいる帝国魔術師をまったく寄せ付けずに倒した、まだ幼さの残っていたあのひと。

自由に舞い飛ぶ光の鳥。

燃え盛る炎のような白い虎。

リアの渇望《かつぼう》を体現するものが、確かにそこにはあった。

リアの心を捉えて離さないその光景は、魂の煌《きら》めきそのものだった。

「あの綺麗《きれい》なひとに――あなたに、この人生を捧げられるなら、これに勝る喜びはありません」

一生寝たきりで過ごすくらいなら、たった数年でも、たとえ一日でもいいから、あなたと一緒に戦いたかった。あなたに教えを乞いたかった。あなたに近づきたかった。あなたみたいに、なりたかったのです。

――だって私は、あの光に救われたから。

でも、これは自分だけの秘密。誰にも言わない。あなたにも言ってあげない。リアーズが、本当はリアーチェだって気付くまで。

「勝手なことを言うな！　お前がいたから、俺はもう一度生きようって思えたんだ！　寿命《じゆみよう》なんてなくていい、永遠なんて生きていられるか！　お前と生きてさえいられれば、俺はそれでいいんだよ！」

あはははっ、と笑う。

――それじゃあ、大師匠《ジーナ》様と、言ってることが一緒ですよ。

「でも、とても、とても嬉しいです。……生きていて、良かったです」

「リアっ！」

それっきり、自分の意識が沈んでいく。

呼吸《いき》の苦しさはなくなった。身体《からだ》が芯から冷め切っていく。浮かんでいるように感じられる。

☆

とおくから、笛の音が聞こえる。
心細くて、寂しくて、でもどこか優しい笛の音が。
私の大好きなひとが、私たちのために作られた曲を、私だけのために吹いている。
きっと、幸福な人生とは、こういうことを言うのだろう。
これが最期の日だって——いいえ、最期の日だからこそ、こう思うのだろう。
私は、幸せでした。

☆　☆　☆　☆　☆　☆

リアの身体が冷たくなっていく。
魔力はない。脈もない。喘鳴はおろか、呼吸もない。
リアが死んでいく。
街の人々も同じだ。周囲から魔力がどんどん消えていく。
やめてくれ。
行かないでくれ。

――俺のせいだ。

それでもリアに治癒魔術を掛け続ける。

頭が割れるように痛む。龍眼はとっくに限界で、もう二度と起動できなくなるかもしれない。

構うことはなかった。

「リアっ……！　リアっ……！　よせよ、やめろよ、なんで俺なんかのために、お前が……！」

弟子を抱きながら、ついては消える治癒魔術を掛け続ける。その右肩に、

「よせ、ヴァレンティーノ」

エルフが手を置いた。

「それはもう死んでいる」

激情が走った。生まれてはじめてと言っても良いくらいの激しい怒りがヴァレンを支配した。

左手でリアを抱えながら、右手で杖《つえ》を振るう。

こいつを殺そう。

「……何のつもりだ、ヴァレンティーノ」

そして自分も死のう。

振り向きざまの斬撃が防がれたヴァレンは、そのまま手の内を変えて己の首に杖を突きつけた。本当に死ぬつもりだった。だがそれすら、エルフの手によって防がれた。樫《かし》の杖を握るそいつが、もう一度聞いてくる。

「なぜ、お前まで死のうとする？」

わからないのか。

それがわからないほど、あなたは変わってしまったのか。

「リアが死んだ」

泣きながら叫んだ。

「リアが死んだ。リアが死んだんだ！　街の人々も！　俺のせいで！　俺が原因で！」

「違う。私の目的のためだ」

「その目的は俺の命を伸ばすことだろ⁉　だったら、俺が原因じゃないかっ！」

杖を握りしめる。

びくともしない。

離せよ。

「街の人々が死んだのは俺のせいだ。俺には責任を取る義務がある。リアが死んだ。俺にはもう生きる意味がない！」

「死なせはしない。当然だろう。私の目的は、お前を永遠に――」

頭が怒りで割れそうだ。

「誰が頼んだ。誰が頼んだんだよ！　背負えるわけがねぇだろ！　これだけの命を、リアの命を、俺なんかに背負えるわけがねぇだろ‼」

灰色の視界が真っ赤に染まる。

このひとは、こいつは、本当に、見知らぬ人々の命を、大切な弟子の命を与えられて、ヴァレンが「はいそうですか」と受け取れる人間だと思っているのか。

「お前が気に病む必要はない。これは私の目的だ」

「ふざけんじゃねぇっ！　俺の人生だ、俺の命だ！」

「それすら私が与えたのだ。お前は死なせん」

——私の子になりますか？

もういない、かつての師匠の声がする。

——じぇのぶぁ様の？

——ええ、ジェノヴァの弟子です。

こんなことなら。

こんなことになるのなら。

杖を握りしめる。びくともしない。まるで動かない。

お前の命は私の物だと言われ、それを否定する権利もない。

このまま一生、自分はこいつの所有物として暮らすのか。弟子を死なせ、無関係の人々を死なせ、その罪を償う機会すら与えられず——この『人外』の愛玩《あいがん》動物として、永遠を生きるのか。

許せなかった。

到底、我慢ならなかった。

「離せよ」

「駄目だ」

「離せよ！　殺したくないなら、死なせたくないなら、拘束《こうそく》でも洗脳でも、なんでもすれば良いじゃねぇか！　俺を永遠に生かせたいなら、俺の自由を奪えば良いじゃねぇか！　あんたの魔術なら俺を人形にだってできるはずだ！　やれよ!!　やってみせろよ!!」

杖はびくともしない。

エルフは一言もしゃべらない。

魔力が止まった魔石のように。

流れが止まった水車のように。

やがて淡々と、

「それでは意味がない」

と言った。

なんだよそれ。

杖を握る手が緩《ゆる》む。

「なんで俺なんですか……」

項垂《うなだ》れて、心の底から絞《しぼ》り出す。

「なんで俺なんかに眼を与えたんですか。なんで俺なんかに目を掛けたんですか。……なんで、俺なんかを助けてくれたんですか……。もう、放っておいてくれよ…………。返してくれよ……。皆を返してくれよ……。ジーナ師匠……！」

自分が間違っていたのだ。

物心ついたころには強大な魔力を両親に恐れられ、捨てられた。

その事実を認められなくて、自分の中で、親は死んだことにした。

親もおらず、兄弟もおらず、友もおらず。


ひとりきり。

路傍《ろぼう》で腹を空《す》かせ、ただ朽《く》ちていくだけの日々。

諦観《ていかん》と絶望に満ちた　死を待つだけの人生だった。

それを拾われて、ジーナ師匠に育てられて。

愛情を、与えられて。

生きてきて良かったと思った。

――俺が間違っていたんだ。

友もおらず、妻もおらず、子もおらず。

ひとりきり。

路傍で笛を吹き、ただ朽ちていくだけの日々。

諦観と後悔《こうかい》に満ちた、死を待つだけの人生なら――どれほど良かっただろう。

こんな『人でなし』の愛玩動物として罪を背負わされるくらいなら、ひとりで死んでいた方がどれほど良かっただろう。

こぶしを痛いくらいに握りしめる。

自分があのとき死んでいれば、このエルフに見いだされさえしなければ、

「リアを死なせることはなかったのに……！」

ヴァレンティーノは死ねない。こいつが死なせてくれない。

ならばせめて、このエルフだけでも自分が止めなければならない。

──俺が間違っていたんだ。

ならば自分には、その責任を取る義務がある。

「魔王は良い仕事をしてくれた」

金色の古エルフ《ハイ》はその手を虚空に開く。まるで磁石《じしやく》のように得物《えもの》が吸い寄せられ、その柄を握った。それは流派を冠した神秘の武器──連結大剣ジェノヴァだった。

「見るがいい、ジェノヴァの刃文を。ドラゴニアの命、そして魔王の命を吸って、この剣《つるぎ》は星の輝きを取り戻した」

顔を上げる。魔力なんてとっくに切れているのに、ヴァレンの龍眼が勝手に起動する。それは至近でなされた魔素《マナ》放出の影響であり、大剣から供給された魔力の影響だった。大剣の刃文は龍眼と同じくプレイアデスの星々を模した魔石が埋め込まれている。その魔石が、龍眼のように輝いていた。

古エルフ《ハイ》は、柄頭で連結された双つの大剣を、くるり、くるり、と回し始める。循環させている。套路のように、宇宙《そら》のように。回せば回すほど、大剣の魔力は増幅していく。

星の運動を模したその循環は、太古、神代における、原初の魔術だ。この世界の創造神たる

プレイアデス七姉妹が用いた創成の神秘だ。大陸を、大地を、世界を、星を産み出した神々の秘術だ。人間ひとりの魂を、古《ハイ》エルフに作り替えるなど造作《ぞうさ》もないに違いない。

「さぁ――受け取るがいい、ヴァレンティーノ。ジェノヴァの極意を」

大剣を手渡される。呆然《ぼうぜん》と受け取った瞬間、手のうちに、神秘が宿るのを感じた。

失った魔力は全盛期まで快復し、

失った視力も取り戻した。

魔力の高まりを覚える。魂が昇華していく感覚に目覚める。これが古《ハイ》エルフと同じ世界、同じ視座。地上のあらゆる魔素《マナ》の動きが手に取るように感ぜられ、自身の魔力と星の魔素《マナ》が接続されたと知り、自身の命と魂が不滅のものになっていく実感に満たされる。一瞬のうちに、肉体と魂が変化する。それはまるで閃煌《せんこう》魔術のように。

そうか、と思う。

こんな力を持っていれば――ヴァレンティーノ・ジェノヴァの言うことは、子供だましに過ぎないのだろう。

それでも、思う。

いいいいい、こんなところにあるじゃないいいか。

「師匠。あなたの愛は、確かに受け取りました」

みんなに命を返す、方法が。

「ですが、やはり、こう思うのです」

龍眼起動、閃煌《せんこう》展開。

古《ハ》エ《イ》ルフと成ったヴァレンから、黄金の光が立ち昇った。目の前の古《ハ》エ《イ》ルフと同じような、いや、それ以上の光が。

「ヴァレンティーノ、お前は――」

ジーナだった古《ハ》エ《イ》ルフが気付くがもう遅い。

おそらくは彼女にとっても想定外だったに違いない。でなければ、連結大剣ジェノヴァをヴァレンに渡そうとはしなかっただろう。

ヴァレンティーノ・ジェノヴァが、手渡された直後の神秘を自在に操れるほどジェノヴァ流魔術を修めていたこと。そして古《ハ》エ《イ》ルフと同じ視座に至ってもまだ人間性を失わなかったこと――それが敗因だ。

ヴァレンから放たれたその光は流星のように降り注ぎ、街を覆《おお》う。瓦礫《がれき》の下、路傍の片隅、あらゆる『人間だったモノ』に命が戻っていく。身体《からだ》を失ったものは粒子から再生される。精神を壊したものはその光に救われる。

人々が蘇《よみがえ》る。

弟子の、息を吹き返した音が、ヴァレンの耳に届く。

「――そんなもの、クソくらえだ」

立ち昇る光が緩やかに減衰していく。マンタロスと風竜が喰った街中の命を、古《ハ》エ《イ》ルフから授かったヴァレンが返していく。

古《ハイ》エルフは驚いた様子もなく、淡々と聞いてくる。

「正気か？　お前の魔力も、視力も、再び失われるのだぞ？」

眩《まぶ》しい視界の中、再び失われつつある色のついた世界の中で、古《ハイ》エルフに返答する。

何度でも答えてやる。

「無関係な大勢のひとたちの命と、愛弟子《まなでし》の命を奪ってまで、俺は取り戻したいと思わない」

ぴくり、と古《ハイ》エルフの口元がわずかに動いた。そして、

「——よくぞ成った」

囀《さえず》る。実に、嬉しそうに。

「ただ私の後を追いかけるだけの雛鳥《ひなどり》が、自らの翼で空を飛んだ。ただ盲目的に私を追い続けた子供が、自我を持って私を殺そうとした。ただ私に与えられていただけの子が、はじめて施《ほどこ》しを拒《こば》んだ。嗚呼《ああ》——今日は素晴らしい日だ。誇らしい日だ。忘れられぬ日だ」

天を仰《あお》ぐ古《ハイ》エルフは恍惚《こうこつ》の笑みを浮かべ、歌うように言葉を吐く。

「我が子が、飛翔した」

完全にヒトへと戻ったヴァレンを見下ろし、古《ハイ》エルフは褒《ほ》め称《たた》える。

「やはりお前は逸材だよ、ヴァレンティーノ。お前は私と共に在るべきだ。いずれ、必ず、最後には理解できるはずだ」

ジーナの顔をした古《ハイ》エルフが、口の端を裂けんばかりに釣り上げて、そう告げた。

「祝いだ。褒美《ほうび》だ。今回はお前の我儘《わがまま》を聞いてやろう。……だが忘れるな、ヴァレンティーノ。

私はお前のことを決して諦めない。それが、私からお前へ捧げる愛だからだ」

伝わらない。

何も伝わっていない。

「お前は言ったな？　私のことをまだ愛していると。ふふ、お前の言う愛はとても幼いものだが——それゆえに愛《う》い」

まるで極上《ごくじょう》の料理を前にしたかのように目を細め、古《ハイ》エルフが唇を舐《な》める。

「お前の成熟していく愛を、百年も、千年も、ずっと、私に味わわせてくれ」

ダメだ。

このひとはもう、ダメだ。

何を言っても伝わらない。何をしても諦めない。魂が摩耗《まもう》したんじゃない。昇華してしまったんだ。遥か高みから人類種族を見下ろす、神々のように。それを理解できる。できてしまう。

自分も一時的にとはいえ、同じ視座に立ったから。

この化物は、もう死ぬまで……否《いな》、死んでも、このままだ。

「そんな顔をするな。なに、またすぐに会える。言ったであろう？」

立ち昇る光が途絶えつつある。それと一緒に、古《ハイ》エルフの姿も消えていく。

「この大陸にも、〝竜〟は無数にいた、と」

背筋が凍る。

——それは、つまり。

また同じことを繰り返すつもりなのか。

そう問おうとしたときにはもう、古《ハイ》エルフは消え去っていた。

まるで最初から、ジーナ・ジェノヴァという人物が、この世に存在しなかったかのように。

エピローグ

Disciple of Genova

数日後。

トーカの街・ヴァレンティーノの家。

「師匠！　お背中を流します！」

リアが、今日も元気いっぱいに風呂場へ突撃してきた。

「背中流すだけじゃなくて、お前も一緒に入れば？　湯船広いし」

ヴァレンとて、もう不肖《ふしょう》の師匠ではない。弟子への気遣いだってちゃんとする。

しかし弟子はしっかりしてるので、遠慮《えんりょ》全開で両手をばたばた振った。

「そういうのは！　まだ早いっていうか！　恐れ多いっていうか！」

「一人前になるまでは風呂も一緒に入らないってこと？　立派な弟子だなぁ」

そういうことじゃなくて女だってバレるのが嫌なんだけど、言えるはずもないリアはただただ笑う。

「あははははっ！（この鈍感童貞ダメ師匠がよ……）」

「あはははっ！（この殺気……！　また腕を上げたな、リア……！）」

弟子の笑い声の中に秘めた気配を感じ取りながら、謎の戦慄を覚えるヴァレン。

ちょうどいい力加減で背中を洗ってもらいながら、以前のでっかい二つのスポンジはもうないのかしらとか考えつつ、あのひとに思いを馳《は》せる。

「なぁ、リア」

「はい、師匠」

お前はあのひとの目的に感付いていたのか。

お前の『龍眼《りゅうがん》』はまだ、お前の寿命《じゅみょう》を縛《しば》っているのか。

お前の中の『魔王』は、まだ残っているのか。

いや、その時まで、あとどれくらいあるのか。

そう訊こうとして――やめた。

「今日のごはん、なに？」

「お肉ごろごろビーフシチューですっ！　フォカッチャもありますよー！」

「マジでっ！　やったー！」

「えへへへっ！　喜んでくださって何よりですっ！」

弟子の嬉しそうな声が響く。

風呂から上がり、身体を拭いて服を着て、リビングに戻ると、美味《うま》そうな香りが漂っている。

「もうすぐできますよー！」

「美味そうな匂《にお》いだ」

「あとでまた笛を聞かせてくださいね、師匠」

「いくらでも聞かせてやるよ」

「それは楽しみだな」

ブーツの音。シチューに混じって葉巻の匂い。ソファに座るそいつに苦言を呈す。

「……なんでお前がいるんだよ、クリストフ」

「差し入れだ」

ドラゴニアの一件で、ヴァレンとリアは帝国政府から褒美《ほうび》を貰った。それは良い。報奨金《ほうしようきん》で路銀を賄《まかな》えるどころか良い肉が買えた。ワインもだ。

しかしアレ以降、頻繁《ひんぱん》にクリストフが遊びに来るようになってしまった。

「あらまぁ、帝国宮廷魔術師団長さま。またいらっしゃったのです？　ひょっとしてお暇？」

玄関からアンネさんの声がする。

留守を任せていた間も、しっかり掃除《そうじ》はしてくれていたらしい。リアが「旅立つ前より綺麗《きれい》になってます」と驚いていた。「邪魔者……ごほん。置物……ごほん。えぇっと、誰もいなかったので大掃除にちょうどよかったのです」とのこと。顧客《こきやく》のこと置物って言った？

「いえ、勧誘も仕事の内です。優秀な魔術師は、冒険者ではなく兵士になってほしいですから」

また言ってやがる。

「あのなあ、何度も言うが、リアは渡さねーぞ」

すると弟子は嬉しそうな声で、

「えへへー。師匠、もっと言ってくださいー」

「ほら、リアだって嫌がってるじゃねぇか」

アンネさんの呆《あき》れた声、

「どう見ても喜んでるんですけど……」

見えないが確かに嬉しそうな声だな。

「リアーズくんだけではない。……ヴァレンティーノ、お前もだ」

「は？」

「ジーナ・ジェノヴァはまた現れるのだろう？　その行方《ゆくえ》は帝国軍でも冒険者ギルドでも追っているが、しかし戦力はまるで足らん」

「あのひとは俺たちだって探してる。またあんなことが起きないようにな。で？」

「お前は十秒しか戦えない、そう聞いていたがな。魔力なし、魔術なしでもマンタロスをあれだけ相手にできるのだ。その武術の腕を見込んで、帝国軍の指南役に招きたい」

またよくわからんことを……。

「すごいです、師匠！」

「まぁヴァレンティーノさま！　私、いつでも帝都へご一緒する準備はできております！」

はしゃぐ二人。面白がってるなぁ。

「冗談にしちゃ飛躍が過ぎる。笑えねぇよ」

「本気だ」

「なら、余計にダメだね」

なぜだ、と問いかけてくる旧友。おいおい、本気で忘れたのか？

「ジェノヴァ流は一子相伝《いっしそうでん》。いまは――」

隣に立っている愛弟子《まなでし》の頭をぐりぐりと撫《な》でてやる。

「こいつのことで、頭がいっぱいなんだよ」

全員が黙った。

あれ、なにか変なこと言った？

「し、し、し、師匠～～～～～～～～～～～～～～～～！」

「うーん、やっぱり私、詰んでますわね……」

「ふっ…………そういうことなら仕方ないな」

よくわからないが、納得したならヨシ。

「じゃ、メシだ。クリストフ、お前も食ってけよ」

「もちろんだ。リアーズくんの料理は美味いからな」

「お皿をご用意します！　アンネさんも、とりあえずお食事になさいますか？」

「ええ、お手伝いしますわ、リアくん」

ダイニングが和気あいあいとした音に包まれる。見えなくてもわかる。みんな笑っている。

「はい、どうぞ師匠」

「ありがとう、リア」

ひとの温かさに触れる。

礼を言って、一緒にご飯を食べる相手がいる。

それは——とても幸せなことなのかもしれなかった。


「ところで」

食事を終え、三本目のワインが空《から》になった頃、クリストフがふと口を開いた。

「リアーズくんは、なぜそんな恰好《かっこう》を？」

「ぶっ!?」

「ぼっ!?」

「は？？　エプロン……だろ？」

「いや、そうではなく。だんそ——ん、なんだね？　アンネ嬢。私に折り入って話というのは
……」

「し、師匠！　僕、笛が聴きたいなぁ～！」

「ええ～、もうめんどくさいよ～」

「じゃ、じゃあ戦ってください。龍眼《りゅうがん》起動、閃煌《せんこう》展開！」

「なんで!?」

家の中で戦闘体形に変身する修業熱心な弟子に、

「仕方ねぇなぁ」

と腰を上げた。

「十秒だけ、戦ってやるよ」

龍眼を起動し、閃煌体《せんこうたい》に変身する。

いつかまた、リアが魔王になったとき、誰も殺さずに済むように。

次こそは、リアだけの力でヒトに戻ってこられるように。

そして今度こそ、ジーナ師匠を止められるように。

「ジェノヴァの技で、育ててやる」

「はいっ！」


この世界を創造した七女神が、人類種族に『魔石』をもたらしてから、およそ八〇〇〇年。

大陸全土に支配の手を伸ばした帝国は、〝竜〟と『魔王』を制圧し、戦乱の時代は遠く過ぎて、もはや大陸に帝国の敵はいないと誰もが思った、平和の時代。

ジェノヴァの師弟は、互いの光に導かれ、今日も技を磨《みが》く。

いずれ来るその時が、訪れるまで。

あとがき

初めまして、こんにちは、お久しぶりです。妹尾尻尾《せのおしっぽ》と申します。

今作は、かつて最強の魔術師だったにも拘《かか》わらず、ある出来事で魔力も視力も愛する師匠《ひと》もすべて失い、自堕落《じだらく》な生活を送っていた青年が、押しかけて来た弟子の眩《まぶ》しく輝く才能《ひかり》に導かれ、再び立ち上がるお話です。担当さんが言うには「男装女子かわいいよね！」って話です。

集英社ダッシュエックス文庫様では、妹尾の5シリーズ目となります。

同レーベル新人賞受賞作である『終末の魔女ですけどお兄ちゃんに二回も恋をするのはおかしいですか？』および2シリーズ目『遊び人は賢者に転職できるって知ってました？』、3シリーズ目『黒猫の剣士』、4シリーズ目『美醜逆転世界のクレリック』をお読みくださった方はお久しぶりです。今回もお楽しみ頂けたなら幸いです。

妹尾にとって久しぶりの書き下ろし作品となりました。作家も七年目となると色々とご縁に恵まれるようでして、妹尾は特に『バトル』『ファンタジー』を買われてのご依頼が増えてきた印象です。ありがたい限りです。

今作の舞台は、妹尾の他作品とほぼ同じ世界です。場所は『遊び人』と同じ大陸ですが、時代はだいぶ下ります。今作『ジェノヴァ』が最も進んだ時間軸になります。

もちろん、この作品だけで十分お楽しみ頂けます。

武術と魔術を融合《ゆうごう》した戦闘シーンの演出は『遊び人～』や『黒猫の剣士』からずっと磨《みが》いてきましたが、今作でもお披露目できて大変幸福です。創作物でよく描かれる『勁《けい》』はとてもファンタジックで、それはそれで大好きなのですが、本来は力のベクトルをコントロールする至《し》極《ごく》まっとうな技術であるらしく、ならそこにファンタジー要素を乗せちゃえば面白くなるのでは？　ということで『勁道《けいどう》に魔力を流す』なんて設定をでっちあげました。楽しかったです。

イラストを担当してくださったのは赤嶺直樹《あかみねなおき》先生。超絶美麗《ちょうぜつびれい》なカバーイラストは、本当に発光しているように見えて、カラーラフの時点で勝利を確信しました。キャラデザやイラストもそれはそれは輝いており、ヴァレンはカッコいいし、リアは可愛《かわい》いし、連結大剣ジェノヴァは美しいし、とにかく素晴らしいの一言に尽きます。赤嶺先生、ありがとうございました！

また、本作はコミカライズ企画も進行中です。早ければ来年にはスタートできるとのことで、マンガ大好きな妹尾は今から楽しみでなりません。

最後に謝辞《しやじ》を。この本を手に取ってくれた皆様、いつもお世話になっている編集の松橋《まつはし》さん、イラストの赤嶺直樹先生、コミカライズ担当の漫画家さん、校正さん、営業さん、出版に関わってくださった全ての方々、本当にありがとうございます。

また近いうちにお会いできることを祈っております。それまで皆様、どうぞお元気で。

妹尾尻尾

ダッシュエックス文庫

ジェノヴァの弟子
～10秒しか戦えない魔術師、のちの『魔王』を育てる～

妹尾尻尾

2023年12月27日　第1刷発行

★定価はカバーに表示してあります

発行者　瓶子吉久
発行所　株式会社　集英社
〒101−8050　東京都千代田区一ツ橋2−5−10
03(3230)6229(編集)
03(3230)6393(販売／書店専用) 03(3230)6080(読者係)
印刷所　株式会社美松堂／中央精版印刷株式会社

ISBN978-4-08-631533-3 C0193